Ronso Kaigai
MYSTERY
298

愛の終わりは家庭から

Colin Watson
Charity Ends at Home

コリン・ワトソン
岩崎たまゑ［訳］

論創社

Charity Ends at Home
1968
by Colin Watson

目次

主要登場人物

モーティマー・ハイヴ……………………ロンドンの私立探偵
ヘンリエッタ・パルグローヴ……………主婦。慈善活動家
レナード・パルグローヴ…………………ヘンリエッタ・パルグローヴの夫
キングズリー・ブッカー…………………グラマースクールの教師
ドリーン・ブッカー………………………キングズリー・ブッカーの妻
ジョージ・リンツ…………………………『フラックスバラ・シティズン』紙の編集主任
ミスター・クレイ…………………………グラマースクールの校長
ドクター・ファーガソン…………………総合病院の医師
アルバート・アンブレスビー……………検死官
ウォルター・パーブライト………………フラックス・バラ警察署の警部
シドニー（シッド）・ラブ　……………巡査部長
ビル・マレー………………………………巡査部長。検死担当
ハーコート・チャップ……………………警察署長
ルシーラ（ルーシー）・ティータイム　……慈善団体連合の事務局長。ハイヴの旧友

愛の終わりは家庭から

第一章

フラックス・バラの元市長が「古びたこの町の性病治療施設」と図らずも上手い表現をした最たる一例が、フラックス・バラの検死官、アルバート・アンブレスビーだった。

アンブレスビーは君主四代の治世にわたって検死官の職に居座ってきた。彼が任命された時のことを覚えているのは、町の年老いた人たちだけだ。第一次世界大戦中に「スパロウ、スパロウ&アンブレスビー弁護士事務所」のジュニア・パートナーの抜け目ない助言のおかげで繁盛した地元の名士たちが、政治的便宜を図って根回しした結果の任命だった。アンブレスビーの助言が一体どういうものだったのか、今では知るすべもない。助言の恩恵を受けた人たちは、ぶつぶつ不平ばかり言う陰気な弁護士スパロウと彼の間の抜けた弟と同じく、世を去って久しかった。牛用濃縮固形飼料の詐欺まがいの契約や各種選定委員会への賄賂、フラックス・バラ造船所の給炭桟橋までの軍用道路等々にまつわる疑惑のせいでかつては辛辣だった風評さえも、時の流れとともに薄れて消えていた。アンブレスビー自身はと言えば、検死官に登用された時の事情は、山のように多くのほかの事柄もろとも忘れ去っていた。今ただ一つ彼がはっきり記憶しているのは、今朝目覚めた時に、検死審問がまだ行なわれない人間の中に女王陛下勅任のフラックス・バラ地区検死官がいるという素晴らしい事実に、賢明にも気づいたことだった。

生き延びていることはアンブレスビーの人生における最も重要な事実であり、最大の喜びだった。それは勝利であり、彼は常にそれを実感していた。一人また一人とこの世を去ってゆく彼の仕事仲間、彼の妻、彼の政界の昔なじみ、そしてとりわけ彼のライバルたちの死にあたっては、要塞の不屈の老指揮官が祝砲を耳にした時と同様の満足感を覚えていた。

しかし、こうした感情を薄情と捉えて、アンブレスビーが『フラックスバラ・シティズン』紙の死亡記事欄をまるで楽しげにむさぼり読む姿に胸が悪くなる素振りをする人たちは、彼に対して公正だとは決して言えない。彼は自分の命を惜しんでいるわけではなかった。誰の死も全く望んでいなかったのも確かだ。ただ彼は、生き延びることは事業で成功するのと同じく、もっぱら個人の才覚の問題だと単純に信じて疑わなかった。もしも肺炎にかかったり不運にもバスにひかれたりしたら——それは不備のある契約書や不用意な不動産譲渡証書などと同様に、不利益をもたらすことが必至の、ちょっとした不手際の結果だった。どのような失敗《フェイリュア》もすべて——会社の倒産《フェイリュア》であろうと心臓の機能不全《フェイリュア》であろうと——それによって、アンブレスビーが「神に定められた人類の耕作地」と見なす立身出世の場に、また少し空きができた。

そういうわけで、フラックス・バラの検死官が感傷にもひたらず暗い気分にもならずに職務を遂行しても、不思議はなかった。彼は常に、残された親族が人前で気恥ずかしさを味わわずに済むよう見事に計算された、幾分冷ややかな愛想のなさで検死審問を取り仕切った。人は優しい言葉をほんの一言かけられただけで、抑えていた感情が溢れ出てしまうものだ。彼の審問はどちらかと言えば破産管財人が故人の業務を綿密に調査しているといった風情で、その管財人は、いい加減な経理のわずかな痕跡を見つけでもしたら即座に、「生き返って不面目の申し開きをせよ」と死体に命令を下しそうだった。

審問の都度、検死担当のマレー巡査部長は証人たちに、アンブレスビーの多少思いやりに欠ける態度を目にするかもしれないことをひそかに警告していた。「悪気はないんですよ、全く。少し年を取ってきているだけなんです。言うことをいちいち気にしないように——年の割には、とても素敵な紳士ですから」

アンブレスビー検死官に対するマレーの個人的な、そして慎重で控えめな見解は、「意地の悪い年寄りの嫌なやつ。検死官の面汚しもいいところ」だったが、証人たちが怯えきって宣誓証言をやめないように、来たるべき出会いの衝撃を和らげそうな言い方に変えられていた。

こうした心遣いは、いかにもマレー巡査部長らしかった。彼は恰幅《かっぷく》が良く、熟考型で、皮肉たっぷりのユーモアに溢れ、忍耐強い人間だった。彼の権限は、たいしたものではなかったにもかかわらず、彼を悩ませ、恥ずかしい気持ちさえ抱かせた。他人に命令するとは、自分は——そういう人間は誰であれ——一体何様だというのか？　ただでさえ嘆き悲しんでいる人たちが、さらに、もうろくした審問官や尊大な小役人たちに威張り散らされ、せっつかれなければならない。

夏の終わりのある日、マレーは十時少し前にアンブレスビーを迎えに行った。前日の午後の交通事故でオートバイに乗っていた若者が夜のあいだにフラックス・バラ総合病院で死亡し、その検死審問が十一時に開かれることになっていた。審問まで一時間あったが、余裕の取り過ぎではなかった。老人は出かける前に、起こった出来事とそれに関して自分がすべきことを思い出し、フェン・ストリートの検死官席で検死官としての威厳が幾らかはあるように外見を取り繕わねばならない。病院の遺体安置所に寄って遺体を検分する必要もあった。

マレーはアンブレスビーの家の玄関口まで来ると、所々に雑草の生えた砂利道に車を停めた。ハンドブレーキのラチェットが、板の裂けるような音を立てた。彼が車から降りると、車体が四インチ持ち上がった。車は霊柩車なみに大きく、年季が入っていたが、実に持ちが良かった。マレー個人の車だった。警部より下級の警察官が歩かずにフラックス・バラのどこかに行きたければ、自分でどうにかするほかはない。

マレーは呼び鈴を鳴らすと、応答を待たずに玄関ドアを押し開け、薄暗く湿っぽい玄関ホールに入った。彼は足音が反響するタイル張りの床をつかつかと十ヤードほど進み、階段の下で立ち止まった。暗がりを見上げ、大声ながら鷹揚に呼び掛けた。「いらっしゃいますか?」聖譚曲《せいたんきょく》のおかげで太くなった低く張りのある、感じの良い声だ。

二階の奥でドアがカチリと鳴った。スリッパを履いた足が、小さな音を立てながら階段の下り口まで来た。

「はあ?」いつもの不満そうな甲高い、敵意のある口調だ。

「仕事のお迎えに来ました」

マレーののんびりした両手の中には、刻みタバコの缶があった。彼は缶のふたをてこの要領で開け、黒っぽく香りの良い刻みタバコの葉を親指で軽く押した。話のあいだもタバコの葉に目を凝らしていた。いらぬお世話で来ましたという様子だった。

「今日はまた検死審問です。十一時から」

アンブレスビーは階段を下り始め、玄関ドアのステンドグラスの窓からホールに洩れる光の先に、やっとのことで到達した。弁護士の黒い服は、経てきた年月は彼の半分で、着古されてよれよれになり、彼には大きすぎた。上着が外套のように揺れていた。

アンブレスビーは両手で何かを顔まで持ち上げようとしていた。マレーは、馬鹿げてはいたが、ハーモニカかと思った。だがすぐに、キッパー（ニシンやサケの燻製。英国では朝食によく食べる）だと分かった。老人は断固たる態度で素早くついばむように、キッパーをかじっていた。

「車での送り迎えがお望みかと思いましたので」マレーが言った。「十一時です、審問は。冒頭の陳述だけです」

「はあ?」

アンブレスビーは階段の下に下り立つとすぐにあたりを見回して、キッパーの残骸の置き場を探した。残骸は櫛のように見えた。マレーは老人の手から残骸を取り、玄関ドアから灌木の茂みへ放り投げた。

アンブレスビーは白い大きなハンカチで指を拭いてから、上着のポケットにハンカチを押し込んだ。

「コートは必要ないでしょう」マレーが言った。

アンブレスビーは、マレーが開けたままの玄関ドアの外を不機嫌に凝視した。「なぜだね?」

「暖かいからですよ。暖かくて、いい日和です。それに、車で行くんですから」

マレーはいつも精神科の付添看護人のように、半ば安心させるように半ばたしなめるようにして、この老人のお守《も》りをした。それは、ほかの人たちへのアンブレスビー検死官の冷酷さに対する、彼の報復の一つだった。

「これで二件です」マレーが言った。「まだあと一件来ますね」

「はあ?」

「検死審問ですよ。我々は思い知ってるじゃないですか？　審問は、いつだって三件セットで来ることを。今週中にもう一件ありますよ」

マレーは掛け金を下ろしてから玄関ドアを閉めた。老人が鍵を家に置き忘れていればいいと思った。マレーは老人の肘をつかんで、彼を車の後部ドアのほうへ連れて行こうとした。

アンブレスビーは腕をぐいと引っ込めた。「前だ。前がいい」

マレーは肩をすくめた。「どうぞ、お好きなように。ただし、座席が傾いているのはご存知ですよね？　ずり落ちやすいことも。気をつけないと前に倒れますよ」

「そりゃ、きみの運転のせいだよ、巡査部長。きみがちゃんと運転すれば、わしは前に投げ出されたりはしない」

「分かりました。充分注意します。ドアには気をつけてくださいな。よく閉まらないので」マレーはそう言うと、はぐれ象を驚かせようとするかのように、助手席側のドアを力任せにけたたましく閉めた。老人は飛び上がり、両耳を押さえながら席に収まった。

「すみません」と謝ってから、マレーは運転席に巨体を押し込み、ドアを引いて閉めた。ドアは、法廷弁護士の書類鞄が閉まる時のような音しかしなかった。

アンブレスビーは身をかがめ、前方をまっすぐ見つめていた。しばらくして、舌で持ち上げた下顎の入れ歯を、きつく横に引き結んだ薄い上唇にぶつけ始めた。割れた磁器の破片が袋の中でぶつかり合うような、カチャカチャというかすかな音がした。

マレーは、まずは病院へ向かい、コンクリート製の低い建物の脇に車を停めた。建物の屋根はアスベストの波形屋根で、幅の狭い四つの窓は金網で覆われている。

中に入ると、検死官は死者の顔をどうでもよさそうに一瞥《いちべつ》した。オートバイに乗っていたその若者は幼く見えた。子どもと言ってもよかった。乱れた黒髪がふさふさと、額の黄灰色の透き通るような皮膚の上に掛かっていた。油気でつややかな細かく縮れた髪は、生き生きとして見えた。しかし、片方の頬骨のあたりのかすかな青あざ以外に傷のない顔は、終わりを迎えてこわばった物質にすぎなかった。

アンブレスビーの冷たい視線は、すぐに通り過ぎた。老人は、天井の低い、床が白いタイル張りの部屋の突き当たりへと歩いて行った。マレーは若者の顔に掛けられた白い布をそっと直してから、あとに従った。

アンブレスビーは急に興味津々になり、台によじ登った。遺体の重さを計る測定器である。機器の側面の掛け時計のような大きな目盛りに沿って、針が少し揺れ動いた。目盛りは、アンブレスビーからは見えなかった。数字はキログラムで表示されている。マレーは針を見てから、ポケットのスケジュール帳を取り出し、折ってあるメートル法換算表のページを開けた。

アンブレスビーは待っていた。「どうだね？」

マレーは疑わしそうに顔をしかめながら数字の列を見つめ、また三十秒間、相手を無視した。

老人は台から下り、マレーの腕の脇から覗き込んで言った。「まだ計算できないのかね？」

マレーは、さらに少し時間をかけた。ようやく、彼はスケジュール帳をパタリと閉じた。「八ストーン三ポンド（約五十二キログラム）です。二ポンドちょっと（約一キログラム）減りましたね。先週の木曜日から」

「そんな馬鹿な！」

「八ストーン三ポンドです」マレーは辛抱強く繰り返した。「百十五ポンドですから、そうなります」

スケジュール帳はポケットに戻った。「過労ということは全くないですよね?」マレーのピンク色の顔に優しい気遣いが浮かんでいた。「我々のせいで、へとへとになったわけではありませんよね?」

「はあ?」

マレーが先に立って、ふたりは遺体安置室のドアへ向かった。外に出るには、ドアの手前のコンクリートの高い踏み段を四段、上らねばならない。マレーは段を上ったところで明かりのスイッチを切ってから、ドアを開けた。開けてからも彼はその場にぐずぐずしていた。彼の背後の踏み段に差す日の光が、彼の巨体に遮《さえぎ》られた。マレーは聞き耳を立てながら待った。二段目でしばらく覚束なそうに足がすれる音がしたが、老人の足は無事に三段目に到達した。マレーは背中を釘のような人差し指で苛々と突《つつ》かれ、振り向いた。

「滑らないように気をつけてくださいね」マレーは手を差し伸べた。老人はマレーを押しのけて外に出ると、車に乗り込んだ。

警察署に着くまでに二度、マレーは荒っぽく、しかも警告なしにブレーキを踏んだ。

一度目は、マレーはアンブレスビーに、犬が道に飛び出したのだと説明した。検死官は、自分には犬など見えなかったと反論した。「見えなかったんですか?」と応じたマレーは、いかにも哀れんでいるという口調だった。

二度目の非常事態では、検死官は完全に席からずり落ち、両手をダッシュボードに打ちつけた。怪我はなかったが、ものすごい剣幕だった。子どもが命を落とさずに済んでほっとしていたマレーは、安堵の気持ちを分かちあおうとした。しかし、アンブレスビーは、常軌を逸した人間を見るようにマレーを睨みつけた。

「心配はご無用ですよ」マレーは、なだめた。「子どもには、かすりもしませんでしたから」

警察本部の二階の一室に続く狭い控室で、証人が二人、待機していた。陪審を必要としない検死審問は通常、警察本部で行なわれる。アンブレスビーは控室を通る際に立ち止まり、証人の一人――海外休暇で日焼けした顔の後ろへ真っ白な髪を念入りになでつけた、上背のある男性――に会釈した。男性は奥行き十フィート、幅六フィートの控室で、黒っぽい服のずんぐりした中年女性から極力離れて座っていた。男性は会釈を返したが、座ったままだった。

女性のほうは、アンブレスビーが控室に入った瞬間に立ち上がった。はずみで椅子が傾き、壁にぶつかった。教会で子どもを静かにさせようとするかのように、女性は、ばつが悪そうに斜め後ろを向いて椅子をつかんだ。ちょうどそのとき控室に入ったマレーは、真っ先に女性に配慮して周りの目からかばい、持ち前の温厚でふくよかな落ち着きをできるかぎり女性にも分け与えた。

奥の部屋に移り、アンブレスビーの意地の悪い視線にさらされながら、医師と若者の母親が証言をした。

医師にとっては、いつもながらの形式的手続きだった。医師は二台の走行車両同士の衝突に遭った故人の状況と矛盾しない頭蓋骨折と脳裂傷を、柔らかな声で簡潔に報告した。若者の死が、妥当な、称賛にさえ値するような、完成された死であるように聞こえた。アンブレスビーは何はともあれ満足し、革の小袋の中をがさごそ手探りして、医師への手数料の銀貨を数えながら取り出した。医師は銀貨をつまみ上げると、時計入れのポケットに素早くしまい込んだ。その仕草は、通りに出たら目が不自由だという物乞いに用心しようといった様子だった。医師は検死官に軽く頭を下げ、マレーに小声で挨拶をしてから、静かに部屋を出て行った。

母親の証言は型通りの身元確認で、たった一文に凝縮されていた。フラックス・バラ総合病院に安置されている遺体は母親によって、フラックス・バラ、ジョージ・ストリート五番地に同居していた息子のパーシー・トマス・ハラム、十八歳、倉庫管理助手だと確認されたとのことだ。

差し当たり、今日はこれで終了のはずだ。七日間休廷とする——この決まり文句を老人がぼそぼそとつぶやくのをマレーは待った。

しかし、アンブレスビーは不機嫌な顔で女性をじっと見つめたままだった。入れ歯が踊るのに備えて、老人の口がぽかんと少し開いた。マレーはそれを見て、これはまずいと思った。彼は女性の肩に手を置いて言った。「今日のところは以上です、ミセス・ハラム」

老人の入れ歯が前に出て浮き上がったあと、カタカタと音を立てて戻った。

「あなたは私によく手紙をよこしていないかね?」アンブレスビーが尋ねた。

わけが分からない様子で女性はマレーの顔を見、いぶかしげに首を横に振った。

「私が質問しているんだが、巡査部長ではなく」検死官が言った。

マレーは身をかがめてアンブレスビーに耳打ちした。「手紙なんて来ていませんよ。そんなふうに質問するもんじゃありません」

検死官はうるさそうに手を振り、ハラム夫人の顔から目をそらさなかった。

「私に手紙を書いたことがあるのか、どうなのかね。分かっているはずだが」

「どなたにも手紙は書いていません」手袋をはめた彼女の指先が口元で小刻みに動いた。黒い手袋は木綿製で真新しかった。

「はあ?」アンブレスビーが言った。

マレーはもう一度、口を挟んだ。耳が不自由か、ぼけた人に話すような、大声でゆっくりした口調だった。

「彼女は誰にも手紙を書いていないと言っています。誰にもです。手紙なんて来ていませんよ」

アンブレスビーは鉤爪足の大きな椅子の中央に背を丸めて身動き一つせずに座り、ハラム夫人の顔をじっと見たままだった。夫人は声もなく涙を流し始めた。

不意にアンブレスビーは夫人に向かって茶色い染みだらけのカサカサな手を振り、もう一方の手を上着のサイドポケットに突っ込んだ。彼はハンカチを引っ張り出して、膝に掛けた。マレーはキッパーのかすかなにおいを感じた。さらにポケットを探ったあと、老人は灰色の封筒を高く掲げた。法律家らしく、封筒はペーパーナイフできれいに開封されていた。

「さあ、本当のことを話しなさい。あなたは、これを私に送ったかね？」

「いいえ。そんなもの、私は何も知りません」

マレーは溜息をつきながら首を振った。そして有無を言わさず、老人の手から手紙を取り上げた。マレーは封筒の両面を調べてから、折りたたまれた灰色の便箋一枚を取り出して開いた。アンブレスビーが手を伸ばしても届かない場所で、彼は手紙を読み始めた。

アンブレスビーはマレーをじっと見ていた。嬉しそうだった。まるで、これからマレーが驚くのを楽しみにしているかのようだ。上唇の上に丸まった舌先は湿り、ヒツジの舌と同じ色をしていた。

マレーは二度通して読んだ。手紙はタイプライターで打ったもので、署名はなかった。字体は筆記文字のイタリック体で華やかな味わいがあり、ある種のポータブル・タイプライターでしか打てない字体だった。

親愛なる友へ
　緊急のお願いです。私は今、大きな危険にさらされています。私としてはずっと誠意ある忠実な伴侶たり続けてきた――そして今でも私の一生を捧げている――ひとが、私を亡き者にしようとしているのです。彼が心変わりするなど到底信じられませんが、計画の相談を耳にしたからには、どれほど不本意でも信じるほかはありません。彼らは私が何も知らないと思っています。もちろん、私は知っていますとも！　私が邪魔なことは伝わってきます。私は、不平も言わずに誠意を尽くしてきたことへの見返りに殺されるのです。食べ物に毒薬を入れられるのか……素早く注射されるのか……あるいは溺死するまで愛する人の手で水の中に抑えつけられるのか……親愛なる友のあなたの助けが得られなければ、私はそのいずれかの恐ろしい運命に襲われるでしょう。あなたに助けていただく方法は追って詳しくお知らせします。この手紙には――理由はお分かりのとおり――署名はできませんが、あなたが心を動かしてくださることを願って、私の写真を同封します。

マレーは手紙の裏を見てから、封筒の中を覗いた。写真はなかった。彼は手紙と封筒を検死官の前のテーブルに置いて言った。

「誰かが、あなたをからかっているんですよ」

アンブレスビーの舌が消え、彼の勝ち誇った表情も消えた。

「はあ？」

「どうして、そんなふうに思ったんですか？」――マレーは、アンブレスビーの前にある書類やペンやインク壺を騒々しく片付け始めながら訊いた――「この手紙がミセス・ハラムに関係があるなんて。何でも一緒くたにしてはいけませんよ」マレーは夫人のほうを向いた。「宣誓供述書に署名だけしてください、ミセス・ハラム。それが済んだら、お帰りいただいて結構です」

夫人は必死に集中して名前を書き始めた。重要だが自分自身のものではない物を損なってはいけないと思っているかのようだった。途中で書く手を止めて手袋を外し、黒い厚手のコートの表面で手をぬぐってから署名を終えた。

マレーは夫人をドアまで送り、部屋の外で、しばらく夫人と話をした。夫人は黙ったまま、上の空だった。マレーは夫人に、家に帰って紅茶を入れて飲んでくださいと言った。言われなければ夫人は紅茶になど気が回らないだろう。

マレーが部屋に戻ると、アンブレスビーは苛々した様子で戸棚のノブを引っ張っていた。

「わしのコートは、どこだね?」

「コートは持ってきていませんよ。必要ないとおっしゃって」

「だが、雨だよ」

マレーは窓の外を見た。確かに雨が降っている。しかも土砂降りだ。マレーはテーブルの上の宣誓供述書二枚を揃えてファイルにしまった。タイプで打たれた灰色の便箋は、まだテーブルにあった。

マレーはもう一度、手紙に素早く目を通した。

「変な手紙ですね。これは、いつお宅に届いたんですか?」

「はあ?」

マレーは仕方なく大声で、他国人同士の会話方式で繰り返した。

「この手紙は、変です。これは――いつ――お宅に――届いた――のですか?」

老人は戸棚の扉を最後にもう一度ガタガタ言わせた。「コートを探すのを手伝ったらどうだね?

雨が降っているんだ」

マレーは手紙を手に取り、ポケットに入れた。

「さあ、行きましょう。家まで車で送ります」

第二章

フラックス・バラの警察署長ハーコート・チャップブは、家の自分宛の郵便物は配達されてから少なくとも三時間経つまでは決して開封しないと決めていた。ずぼらだとか無能な人間だからというわけではない。臆病者でもなかった。ただ経験から、朝の八時には全く手つかずの不愉快な問題だったものが、十一時にはどうにか対処できる状況になっている場合があることを学んでいた。事実、郵便をしばらく放っておくと、何かが実際に封筒から蒸発するように思われた。たとえば正午ごろに署に電話をして、こう尋ねる。「ところで、『パートニー・ガーデンズののぞき魔』とは一体何だろう？」するとと誰かがすぐに調べを開始した結果、折り返し電話がかかってくる。「パートニー・ドライブやパートニー・アヴェニューはありますが、パートニー・ガーデンズという場所はありません」これで厄介な問題は解決だ。こうしたことが幾度となくあった。

この点における自分の運の良さに望みをかけて、チャップブ署長は灰色の便箋にタイプで打たれた手紙を前に、パーブライト警部に電話をした。十二時十五分前だった。

「ああ、パーブライト君……雨が小降りになって何よりだ。ところで、女性が毒を盛られるか溺死か何かさせられそうだというのだが、一体何だろう？」

短い沈黙があった。

「おっしゃっていることが分かりかねますが」

「おや、分からんかね？」署長は驚いたような口振りだった。「いや、手紙が届いたものでね。きみなら何か知っているかもしれないと思ったのだ」

「いいえ、署長」

「知らないのかね？」

「はい」

「そうか。そうなのか。だとすると、ちょっとした悪ふざけかもしれんな」

チャップ署長は待っていた。そんなものは捨てるようにとパーブライトが即座に言ってくれるのを期待していた。しかし、返ってきたのは相手の忍耐強い一言だけだった。「それで？」

署長は顔をしかめた。手紙を置き、受話器をもう一方の耳に持ち替えた。「きみに手紙を読んで聞かせたほうがいいだろう。署名がなくてね。しかも、わしへの手紙に普段《親愛なる友へ》と書いてよこす相手が、すぐには思い当たらんのだ。だがまあ、それはさておき、手紙はこう続いている。

《緊急のお願いです――》」

パーブライトは、おとなしく聞いていた。チャップ署長の読み方はライバル学者の草稿を書き写している大学教授のようで、ほとんど判読不能な走り書きを凝視して懸命に通常の文章に直そうとしている印象を与えた。

読み終わると、署長はまたパーブライトの意見を待った。

「署長は、その手紙を真に受けてはおられないようですね」パーブライトが言った。

「なぜそう思うのかね」

「それでは、真に受けているんですか？」

「パーブライト君、いかなるものも、その真価に基づいて判断されねばならん。つまりだね、ここに手紙がある――署名はなく――自分は殺されると思っている誰かから、わしに宛てたものだ。すなわち、手紙にはその誰かが……」署長は言葉を切った。脇道に迷い込んで文法があやふやになったことに気づいたのだ。「とにかく、きみは自分で手紙を見たいだろうね？」

「それは、こう言ってはなんですが、署長次第です。書き方が、かなり個人的な感じなので」

「その点は気にするには及ばん。取りに人をよこしたければ、手紙は取っておくから」

そう言って、チャップ署長は電話を切った。初めてのことではないが、これで警部は自身の責任に対する認識がさらに高まるだろうと署長は思った。

三十分後に、プーク巡査が自転車で署長の家に到着した。

プーク巡査はエナメル塗料で「行商お断り」と書いてある白い板を打ち付けた門を通り、通用口に回った。自分は行商人ではない。しかも、自分の職業がいかにつつましく、人から嫌われる場合さえあろうが、一切の職業が出入り禁止の場所でも自分は通ることができる。そうした思いは、陽が燦々と降り注いでいる正午を一層心地良いものにした。プークは赤煉瓦造りの四角い住宅の正面を覆い隠すタチアオイやクレマチスに満足そうに目をやり、こじんまりした芝生を几帳面に刈って作り上げた本格的な縞柄に感心した。裏にある別の芝生は、バラの花壇ときっちり規則正しく並んだ果樹に縁取られている。二本の果樹のあいだに、銀髪で背の高いチャップ署長の姿が見えた。署長は芝生を横切りながら、ゆっくりと歩いていた。地雷探知機のようなものを前に持っている。近づくと、その道具は端にシャベルが斜めに付いた木製の長い棒だった。署長は、ブリーダー仲間でさえ倫理違反すれすれと見なすほど大々的に手掛けているヨークシャー・テリアのブリーダーで、日課の「一掃作戦」のさなかだった。

プーク巡査は署長が残りの三回の横断を完了するのを恭《うやうや》しく待ちながら、たくさんの犬たちは一体どこにいるのだろうかと思った。吠える声は、どこかでしている。家の中か？ そう思った途端、プークは――彼は行商人ではないものの――青ざめた。

しかし、署長はプークを家には招き入れなかった。代わりに温室へ案内し、サボテンの鉢の下の安全な場所から手紙を取り出して、プークに手渡した。

「パーブライト警部が、受取証はご入り用かとお尋ねでした。手紙は署長の個人的な所有物とのことなので」

「必要ないだろう」署長は素っ気なく答えた。「パーブライト君によろしく。送り主は手紙の宛先を間違ったに違いないと伝えてくれるかね。彼が最善だと思う方法で処理するようにとな」

署長の灰色の目の視線が穏やかにプークから逸《そ》れて、ゼラニウムに止まった。署長は手を伸ばして、飛び出ている若い茎をつまみ取った。プークは、用件が済んだだけではなく、自分がすでに存在しなくなっていると感じた。彼は「はい」とだけ言って、その場を離れた。

＊

アンブレスビー検死官とチャッブ署長に届いたのと全く同じ三通目の手紙が、名宛人である『フラックスバラ・シティズン』の編集主任のもとに届いたのは、午後も半ばになってからだった。

その前日にジョージ・リンツは、『シティズン』を二年前に買い取ったグループ企業のロンドン事務所での会議に呼ばれていた。議長がかなり厚かましく「士気を鼓舞する会合」と表現した、わけの分からない陰気な口論のあいだじゅう黙って座っていたリンツは、フラックス・バラに戻る最終列車に乗り損なった。泊まったホテルは料金が高く、応対がとげとげしかった。よく眠れなかった。最悪だったのは、日帰り往復割引切符の期限切れの帰り分をうっかり使ってしまい、フラックス・バラ駅の駅員に勝ち誇ったようにとがめられたことだった。その駅員は、万引き常習犯の姑《しゅうとめ》の名前を新聞に載せないようリンツに頼み込んだが無駄だった件を根に持っていた。

そういうわけで、編集部員が独断で処理できなかった記事や手紙の山を見始めたリンツがいささか不機嫌であっても、無理はなかった。

「親愛なる友」宛の手紙に手を伸ばし、読み終わって考え込んだあとでリンツは戸口に行き、踊り場の先の風通しの悪い小部屋にいる主任記者を呼んだ。

「一体全体、このわけの分からん物は何だい?」

細面で悲しそうな顔つきの主任記者は一方の耳の中を指先で絶えず探っていたが、全く何も思いつかなかった。

「写真はどうしたんだ?」リンツは、これ見よがしに机の上の書類を引っ掻き回した。

「写真は入っていませんでした」

「だが、誰かは知らんが写真を同封したと書いてあるじゃないか、はっきりとな。それに、見てみろ。この隅に何かを留めた跡がある」リンツは二、三秒、手紙を宙に掲げていたが、やがて机の上に放り投げた。「困ったな。どうするかな……五分でも留守をすると、みんな、何やかんや紛失し出すからな。きみたちの部屋のどこかにないか見てきてくれ」

「封筒の中には、それしか入っていませんでした。私が自分で開封したんです。そこにある以外には何もありませんでした。確かです」

リンツは背をそらせた。椅子が壁際まで傾いた。

「だとすれば、探しても仕方ないんだな?」

「そのとおりです」主任記者の顔つきは、今では悲しそうなばかりか、退屈そうだった。

リンツは傾いた椅子を大きな音とともに戻した。「急いでこれをコピーしてきてくれ。手紙も返してくれよ。まだ何も書くな。いつものような作り話じゃなければ、そこそこのネタにはなるはずだ」

「ああ、はい。確かに」主任記者はそう認めたが、メッシュ地のベストのおかげで落雷死せずに済む可能性を認めたほうが、ましだったかもしれない。

彼は四十分後に、コピーを持って戻ってきた。

リンツはコピーを机の一番上の引き出しにしまい、手紙はポケットに入れた。そして主任記者がまだ眺めているなか、机に鍵を掛け、ドアの脇にあるガス灯用の捨て置かれた腕木から帽子を取って部屋を出た。

リンツが階段を足早に下りてゆく音に耳を傾けていた主任記者は、やがて踊り場を横切って自分の小部屋に戻ると、壊れた椅子を壁の隅に押し込んで腰を下ろすなり、たちまち眠りについた。

四時だった。フラックス・バラの一日が快い坂を下ってゆく時刻で、その坂からは、あと一時間で仕事が終わるという心安らぐ確かな展望が見通せた。リンツは社屋から、車の行き来がほんどない通りへ出た。子どもを迎えに学校へ行く母親の車が二台、彼のそばをゆっくり通り過ぎてパーク・ストリートへと入って行った。青いフィッシャーマンズ・セーターを着た老人は縁石に腰を下ろし、自転車の外れたチェーンをこれから元に戻すつもりらしい。食料雑貨店の戸口から出てきた白い上着姿の頭のはげた男性が通りの左右を眺め、リンツに気づいて軽く手を上げた。そして戸口の脇にある空の木箱をじっと見つめ始めた。しばらくしてから足で木箱を三インチ北寄りに動かし、一歩下がってもう一度、木箱をじっと見た。リンツがフェン・ストリートへ入る角を曲がった時もまだ、彼は考え込んだ様子で箱を見つめていた。

警察署はその三十ヤード先の左側にある。市庁舎や町の洗濯所と同じ時代の建物だ（洗濯所は、個人の衛生習慣は公衆衛生ではないという市議会の信念の印として、先頃取り壊された）。建築様式はエドワード七世時代のゴシック様式で、材質は、石化した下痢の便のように見える、あの至って長持ちする石材だった。

リンツは、その建物の脇の狭い道路の途中にある入り口に向かった。ひそかな出入り口という風情のその小さな入り口は板石を敷いた薄暗い廊下に続いており、右側の「案内所」という表示の下に、一フィート四方の引き違い窓がある。

リンツはその小窓の前を通って廊下の突き当たりまで行き、緑色のペンキ塗りのドアを押し開けて、やはり板石敷きのがらんとした玄関ホールに入った。ホールは、隣接する各小部屋からの音が混ざり合う以外には何の意味もない場所に見えた。ビリヤードの球のはじき合う音や厚手の磁器の触れ合う音がする。スチールドアが閉まる音が反響し、遠くの小さな洗面所で大男の一団が陽気な軽口を叩き合っているような声も聞こえた。

ホールの反対側の隅に、鉄製の螺旋階段がある。リンツが二階へ上るあいだ、階段は金属音を立てながら、彼の重みで撓《しな》った。

リンツが行くと、パーブライト警部は部屋に一人でいた。部屋には机、丈の高いチョコレート色のファイリング・キャビネット、かなりゆったりと座れる椅子が二脚あり、机だけでなく椅子も寄せれば一脚は載る大きさの絨毯が敷かれている。

パーブライトは机に向かって座ってはいなかった。上背があり過ぎて脚も長すぎるために、机に並行に座る以外の体勢にはなれないのだ。リンツが入り口で窺《うかが》うように覗くと、パーブライトは振り返って左の肩越しにリンツを見た。

「ミスター・リンツじゃないですか。ようこそ」心から喜んでいるように聞こえた。万年筆はすぐにキャップがはめられ、事件簿の書類のかたわらに注意深く置かれた。空《あ》いているほうの手に、ふたの開いた紙巻きタバコの箱が見えた。パーブライトは机越しに身体を横に傾けて、タバコを勧めた。

「それでは」と、リンツは相手の迅速な好意にほんの少し面食らいながら応じ、できるだけ手早くマッチに火を点けて言った。「調子はどうです?」

パーブライトはまあまあだと答え、リンツが差し出したマッチの火に両眉を上げた。これを午後のあいだずっと待ち焦がれていた、という表情だった。

フラックス・バラ流のこうした形式的な前置きが済むと、リンツは急いで訪問の本題に入った。

「午前中に、ちょっと妙な手紙が届いて……」リンツはポケットに手を突っ込んだ。

「なるほど、それで?」

「くだらん手紙かもしれませんが、いちおう見てもらったほうがいいと思ったものですから」

パーブライトは手紙を受け取って広げ、ゆっくりと最後まで読んだ。そして手紙を机の上に置き、首の後ろをなでながら、じっと手紙を見つめていた。

「おたくには」と、ようやくパーブライトが口を開いた。「奇妙な手紙が、ある程度は来るでしょうな」リンツの身体がピクッと動いた。気にさわったように見えた。パーブライトは、あわてて言葉を継いだ。「つまり、新聞社は奇人変人から目を付けられやすいと思い込んでいたので」

「ええ。でも、だいたいは名前を書いてよこします」

「ああ、そうなんですか？　だから、いつもとは違うと思ったんですね？」

「私はこういうケースは初めてで。そうでなければ、持ってくるべきではなかったんでしょうが」

「いいえ、至極適切な対応でしたよ、ミスター・リンツ。厄介なのは、これだけでは何も分からないという点ですね？」

「確かに。でも、書いてある内容から何か、たどれませんか？　つまりですね、これは冗談じゃないと思うんです。この人物は誰であれ、どうやら……つまりその……真剣で、怯えている」

パーブライトは、かすかな笑みをこらえた。リンツの秘められた新聞人気質が垣間見えた――〈不可解な手紙は警察への謎掛け〉。パーブライトは首を横に振って答えた。

「一般的には、たどるのはほぼ無理です。見たところ、あやふやな被害妄想に過ぎません。関連がありそうな犯罪の報告もないですし」

リンツは顔をしかめた。自分が勝手に期待していたよりも、ずっと見込みが薄かった。

「だが調べてみましょう」パーブライトが言った。「できる調査は、すべてやります。結果は分かりませんが」

リンツは肩をすくめ、そそくさと立ち上がった。手にした帽子のつばを人差し指と親指でつまむと、ドアに向かう際に自信に満ちた動き一つでかぶれるように、所定の位置まで帽子を回した。

「知らせてくださいね、もしも……」

「もしも何か分かったら？」パーブライトも立ち上がった。愛想良く感謝しているかに見えた。「もちろん、お知らせします」

リンツは頷いて後ろを向き、ドアに向かいながら、サッと帽子をかぶった。

「ああ、一つ些細なことなのですが……」パーブライトが呼び止めた。

リンツが振り返ると、パーブライトは手紙をまた手にしていた。

「写真の件ですが、ひょっとして同封の写真は見ていないんですね？」

「写真は入っていませんでした。プライルにも確かめました。彼が開封したので。間違いなく入っていなかったそうです」

「分かりました、ミスター・リンツ。ありがとうございました」

「きみ、知らないかな？」パーブライト警部がシドニー・ラブ巡査部長に尋ねた。「この町の人間で暗殺されそうだと怯えている人物を」

ラブの少年聖歌隊員のようなピンク色の顔が、考え込んだ表情になった。警部の質問が唐突だとは、微塵も感じていないようだ。ラブが右手の指を一本ずつ折って数え始め、次は前よりもためらいがちに左手の指を三本折るところをパーブライトはじっと見ていた。

「誰かが何通も手紙を書き送っているんだ」パーブライトはそう言って、机の上に小さくまとめられた手紙を指差した。「一通はアンブレスビー老人に、一通は新聞社、もう一通はうちの署長にだ」

ラブは便箋三枚を手に取って一枚を時間をかけて読んでから、ほかの二枚に注意深く目を通した。

「どれも全く同じですね」

「そうなんだ」

「チラシみたいに」

「そうだな」パーブライトには、ラブを急《せ》かさないほうがいいと分かっていた。ラブの精神機能は、化学反応というよりも植物の成長に似ていた。然るべき時に花開く。

「うまく書けてますね」さらにじっくり考えたあとで、ラブが論評した。

「その手紙で少し絞れるんじゃないか?」パーブライトは、黙々と指を折って数え上げられた八人を思い起こしていた。

「一人も残らなくなります。こんな手紙は、みんな書けないでしょうから。独力では無理です」

「この便箋は一風変わっているな」

「高級ですね」便箋を指でさわりながら、ラブも同意した。

「ドーソンの店に当たってみてくれ。この便箋を置いていないか、それから誰が買ったか覚えていないか、確かめるんだ」

ラブが頷いた。ラブは手紙を所々黙って読み返していた。時おり何かの言い回しにじっと視線を注ぎ、声に出さず唇だけで言葉を言って味わっている。パーブライトは待っていた。

「女性が書いたんだと思います」ついにラブがきっぱりと言った。不意に誇らしげに見えた。

「そう思うかい?」パーブライトの両眉が上がり、ラブの説明を皮肉ではなく褒める態勢になっていた。

「えーとですね、見てください……」勇んでいるラブの顔は、ロウソク数本分、輝いていた。「たとえば、この《誠意ある忠実な伴侶》とかですね……《愛する人の手》、それから、ここです……《心を動かしてくださる》。つまりは、女性に間違いないですよね」

「言い回しが情緒的だな」

「ものすごく感傷的です」

「きみの言うとおりだろうな、シッド」

その褒め言葉に力を得たラブは、思い切って演繹的推論をさらに推し進めた。

「この女性ですが……彼女を殺そうとしている人間は一人ではありません。ここに、ほら……《彼らは私が何も知らないと思っています》……そう彼女は書いています、《彼ら》と。ですから、二人に違いありません」

「少なくともな」

「はい、ええ……まあ分かりませんが……でも普通は二人じゃないですか？」

しばらく間があった。パーブライトはラブの楽しそうな分析を中断させたことに、幾らか自己嫌悪を感じた。

「理解に苦しむ点が一つある」と、助け船を出すようにパーブライトが言った。「どうして署名できないなんて書いてあるんだ？　彼女が誰であるかは、同封したことになっている写真を見れば一目瞭然だっただろうに」

ラブも、その点は——写真が入っていない件と同様に——実に奇妙だと思うと言った。

「一通に入れ忘れたというのなら、あり得るだろうが、どの手紙にも入っていなかった。それに、ここを見ると……」——パーブライトは、それぞれの便箋の隅を指差した——「三通とも、ピンの跡がある」

「気が変わったに違いありません」ラブが言った。

「そうかもしれんな」

「もしも……」

パーブライトは丁重な期待を込めてラブの顔を見た。

「もしも、誰かが無断で手紙をいじったのでなければですが」

「ああ」パーブライトはそう言うと、手紙に対してやすやすとは覆されそうもない判決が下ったかのように、手紙を脇へ押しやった。

被害妄想に陥った誰かの変な手紙が珍しく突然に何通も届いた、としか思えない出来事よりも、解決の急がれる問題があるにはあった。

本と文房具を扱っているオリヴァー・ドーソンの店で便箋の件を調べるためにラブが立ち去ると、パーブライトはすぐに人をやって食堂からマグ入りの紅茶を持ってきてもらい、慈善事業について考え始めた。

いや、もっと正確に言えば、慈善団体についてである。

慈善団体は、フラックス・バラには知られているだけで四十三あった。そのほかに十二の登録されていない団体があると考えられていたが、それらがまだ存在しているかどうかは定かでない。分類すると十八団体から成る最大グループは犬関連の慈善団体で、O・D・C（Our Dumb Companions）（「我々の物言えぬ友人たち」の意）、バーカーズ・リーグ（Barkers' League）（「吠える動物たちの連盟」の意）、ドッグズ・アット・シー・ソサエティー（Dogs At Sea Society）（「at sea」は「途方に暮れて」の意）、ケイナイン・ロー・アライアンス（Canine Law Alliance）（「犬関連法同盟」の意）、フォア・フット・ヘイヴン（Four Foot Haven）（「四つ足安息所」の意）などがある。さらに、犬以外の家畜類の幸福に特化した団体が七つ、野生動物保護団体が六つあった。ほかの十二団体のうち、四つは高齢者の安らぎの手助けを一手に行ない、三つは孤児たちを独占していたと言える。残りの団体の目的は驚くほど多種多様で、身を持ち崩した上流婦人の更生からモンゴルのキリスト教化にまで及んだ。

これらの団体のすべてに慈善という共通の目的があるからには、協力とまではいかなくても団体相互の中立性は保証されていると、普通は考えるだろう。だがパーブライト警部には、そういう妄想はなかった。長年の経験から、組織化された慈善の世界もまた、塹壕で守りを固めて略奪目的で侵略する争奪戦の最前線だと分かっていた。彼が物心ついた頃から、「旗の日《フラッグ・デイ》」（英国における慈善事業の街頭募金日。寄付をすると服に付けるステッカー〔元々は小旗〕が渡される）の手配や慈善バザーの時機の問題は、軍事利益のくすね合いと同じぐらい激しい口論の種だった。様々な委員会の委員は誰もが欲しがる社会的名誉ある地位で、委員になれなかったライバルたちからの激しい攻撃――物理的な攻撃ではないまでも精神的な攻撃――の危険を常に伴っていた。計略と逆計の応酬が絶えず繰り広げられた。市議会は、議員のほぼ全員に慈善事業に関する利己的な下心があり、代わる代わるどこかの慈善団体が得をするように右往左往していた。中傷に近い当てこすりも、一週間おきに『フラックスバラ・シティズン』のコラムに投稿された。書き手たちは、あえてそういう投稿にしていた（投稿のやり取りによって刺激が循環することを熟知している編集主任のリンツが、口汚くならないぎりぎりの線でと頻繁に助言した結果として）。

冷静に見れば――あるいは慈善の心なく見ればと言うべきか――彼らの慈善事業は陽気な気晴らしであり、犯罪行為や騒動へと駆り立てたかもしれないエネルギーの、比較的無害な捌《は》け口だった。したがって、女王の国の平和を維持する職にある警察官として、パーブライト警部は好意的に考えざるを得なかった。しかし本心は、たとえば参事会員のトンプソン夫人の場合、公共図書館の手すりの陰をねぐらにしているハトたちの命を守らねばという使命感がなかったならば、夫人はずっと前にトンプソン氏を、そしておそらく隣人も数人、殺害していただろうと考えていた。ほかにも思い当たる人たちがいた。トンプソン夫人と同様の思いもよらない性癖が、「町のお年寄りたちの幸福への疲れを知らぬ献身」だと『シティズン』紙が呼びたがる活動に昇華されていた人たちが。

一般市民はと言えば、慈善事業を極めて快く受け入れていた。怪我人が出るケースがあることはあった。街頭募金の数が増えるとともに（今ではほぼ毎週土曜日が何らかの慈善団体の「旗の日」になっている）、怪我人の数も着実に増えていた。しかし、怪我人は誰一人、また募金を頼まれないように急いで車道に入って怪我をしたという体裁の悪い原因を、白状したがらなかった。ほとんどのフラックス・バラ市民は慈悲心に訴えかけられると、橋の通行料を払う時に劣らず——と同時にそれ以上ではなく——進んで応じた。現に多くの市民が、こうした要求は関係機関——行政機関ではなく、おそらく、宗団や共同墓地や第一次世界大戦の休戦記念日、ダブル・サマータイム（標準時より二時間時計を進めた夏時間）なども管轄する何か重要な団体（主教の団体とか？）の命令によるものだと漠然と思っていた。

だが本当に同情すべきは、慈善の——つまり出費の残り物の——受け手だろうと、パーブライトは思った。命を救われた犬たちは安息の地で寄る辺なく、ミセス・ヘンリエッタ・パルグローヴに身体を撫でられていた。ミル・レーンの牧草地にいる年老いた馬たちは、フラックスバラ・エクワイン・レスキュー・ブリゲード（FERB）（「馬の救助隊」の意）による週に一度の集団での「元気づけ」を免れようにも、弱り過ぎているうえに囲いが狭過ぎた。オールド・ホール《古い館》に引き取られた孤児たちは……いや、彼らは、いわゆる孤児ではないだろう。彼らは充分に自力で生きてゆくことができ、参事会員のスティーヴン・ウィンジのような、いつも彼らの頭を撫でて巻き毛をぼさぼさにする相手に立ち向かうことさえできる。ウィンジはクリスマス以後に四度、手を噛みつかれていた。中でもパーブライトが最も気の毒に思ったのは、ダービー夫妻やジョーンズ夫妻のような年金生活者だった。無防備な老人たちは毎週毎週、平穏な自宅のコテージから急き立てられて車で「慰安会」に——たいていは、ブロックルストーン・オン・シーのようなところに——連れて行かれた。長い会議用テーブルを前に硬いべンチに座った老人たちは、帽子をかぶっていない姿を今まで誰にも見られたことのない淑女たちや、生まれてこのかた寝ても覚めても絶えず執拗に微笑んできたかのような紳士たちから、ちっぽけなケーキをしつこく勧められ、気遣う言葉をひたすら甲高くわめかれ……。

パーブライトは小さく頭を左右に振り、椅子を机にぐいと寄せた。そして「慈善団体関連――事件・苦情」と書かれたファイルを開くと、何度目になるだろうか、中の手紙や報告書を読み始めた。

疑う余地はなかった。フラックス・バラの慈善戦争は、このところ憂慮すべきほどに過熱していた。戦争行為は熟練の戦略手腕による様相を呈し始めていた。

＊

「お花はいかがですか？　お花を買って、動物たちを助けてください」

ミスター・モーティマー・ハイヴはマーケット・ストリートの幅の狭い歩道の行く手が、真剣な茶色い大きな目をした、口が薄ピンク色のキャンディのような十四、五歳の少女に遮られているのに気づいた。少女は紙のステッカーが入ったトレイを首から下げていた。ハイヴは、穴を開けた大きな缶が硬貨の音を鳴り響かせて顎の高さまで突き出される前に、トレイの正面の文字をちらりと見た――「カインドリー・ケネル・クラン」（kindlyは「心優しい・快適な」、kennelは「犬小屋」、klanはclanの変形で「仲間・党派」の意）。

ハイヴにとっては非常に不都合な出会いだった。実は今、彼は女性を尾行していた。相手は通りを熟知しているフラックス・バラの住人で、ロンドンの私立探偵である彼は、第三者の邪魔がなくても充分不利な立場にあった。

しかし、育ちの良さから彼は反射的に、騎士道にかなった、女性に優しく礼儀正しい態度をとっていた。素早く片手で灰色のフェルト帽を取り、もう一方の手をズボンの腰のポケットに突っ込んだ。そのズボンは晩餐会と不義が同様の細心な装いでなされた時代には高価で不可欠《ドゥ・リグール》なスタイルのものだったが、今ではキュロット・スカートのように変にだぶついて見えた。

ハイヴは取り出した一握りの小銭から半クラウン白銅貨（二シリング六ペンス。一九七一年に廃止）一枚を取り上げた。少女はそれを見て嬉しそうな笑顔になり、トレイから念入りにステッカーを一枚選んだ。小さなふっくらした腕が少しのあいだ、ハイヴの上着の旧式な幅広の下襟に触れていた。ハイヴの心に満足感が——父親も同然の優しい気持ちが——込み上げた。その後、彼は手の平に隠していた一ペニー銅貨（十二分の一シリング。一九七一年に廃止）を募金の缶にチャリンと入れて、半クラウン白銅貨は、こっそりとポケットに戻した。

「役に立てて嬉しいよ！」

少女はハイヴを呼び止めに出てきた戸口へ可愛い仕草で駆け戻った。彼は、さようならというように帽子を大きく振って先へ向かった。

尾行していた相手の姿は消えていた。ハイヴは礼儀を守りつつ、できるかぎり急いだ。時おり車の流れが途切れるたびに一、二ヤード稼ごうと、人混みを避けて車道に出た。かなり危険な作戦だった。歩行者たちは彼をまた仲間に加えてやるために列を崩したりなどしてくれなかったからだ。定員超過の救命ボートの船べりから乗り込もうとするに等しかった。

気をもみ、息を切らし、トラック後部の開閉板で擦りむいた傷がヒリヒリ痛むなか、ハイヴはようやく相手の帽子の鮮やかなライムグリーンを見つけ出した。帽子は道路の反対側の二十ヤード先で、人の流れの中をひょこひょこと上下に動きながら進んでいた。

ハイヴは人混みをそのまま進み、道路を渡ろうとはしなかった。歩道の縁石沿いを歩けば立ち止まらずにすむと同時に、被告を（いや違う――対象者をだ――もう新しい業界用語に慣れなくては）ほとんど遮られずに斜め後ろから見ていられる。こうして、女性が戸口を通って姿を消した時には、彼女がフラックス・バラ公共図書館のマーケット・ストリート分館に入ったと、すぐに分かった。

少しして、ハイヴも図書館の建物に入った。階段を数段上ってガラスのドアを押し開けると、すぐにカウンターがあった。その奥では被告席のような場所に座ったストレートヘアの若い女性が、急速冷凍した視線で身構えていた。

ハイヴは気づかないふりをした。

語気の荒い小声がした。「利用者カードは？」と言ったように聞こえた。

ハイヴは委員会のメンバーのように自信たっぷりに頷いて、胸ポケットを軽く叩いた。

受付の女性はそれ以上は何も言わなかったが、彼は部屋の奥へと歩きながら、彼が入って来た時に女性が何となく驚いていたような気がした。さりげなく彼はズボンを見下ろした。いや、何もおかしな点はない。とにかく、もっと上のほうの何かが彼女を動揺させたのだろう。はて……。

書棚のそばには十数人ほど人がいた。その誰もが、本を借りる人特有の、かすかに畏《おそ》れかしこまっている雰囲気をまとっていた。静寂はほぼ絶対条件で、ハヴロック・エリス（英国の医師、優生学者。一八五九〜一九三九）の本を読みながら暖まろうとやって来た高齢の男性が生物学の書棚の前で満足そうに空気を吸い込む音は、数人から非難がましく一瞥された。

ハイヴは、あたりを素早く見回した。対象者は、その部屋にはいなかった。彼は入り口とは別のガラスのドアに気がついた。「資料室」と書いてある。彼は近寄って中を覗いた。

緑色の帽子の女性が片膝をついて、床に近い棚に顔を寄せていた。その棚には、薄いが特大の本がずらりと並んでいる。女性は一冊を元に戻しているようだった。見ると、表紙は水色で、金色の型押しが施されている。場所は棚の端から八冊目あたりだった。

女性が立ち上がり、服を整えた。この三日間、前にも幾度かしたように、ハイヴは彼女の体形を分析した。ふくよかだが決して太ってはおらず、溌剌《はつらつ》とした曲線美が備わっている。その曲線美は今まさに流行《はや》っている服で補正されてはいるが、ハイヴの美的感覚に直《じか》に訴えかけた。自分の職業のせいで対象者とは希薄な関係でいなければならないことが、彼にはとても残念だった。彼の仕事は生計の立て方としては気がひける、尋常でない手段だ。彼は時々、心の底から思った。隠れ場所から姿を現わして対象者のもとに駆け寄り、相手の手を握りしめて、こう叫べたら――「奥さま、私は探偵のハイヴと申します。どうぞお見知りおきを！　夕食をご一緒していただければ、私が秘密にしていることをお教えします！」

女性はガラスのドアに手を伸ばそうとしていた。彼は急いで脇に寄り、本で顔を隠した。女性は毅然とした小刻みな足取りで彼のそばを通り過ぎ、彼の背後を歩いて行った。足音から彼女がカウンターの近くで向きを変え、立ち止まったのが分かった。と同時に、香水の香りが彼のまわりに渦巻いた。これもまた、彼女を好ましく思う点だった。漂う芳香――とても女らしい。近頃は芳香が漂ってくることなど、まずあり得ない。

誰もいない資料室でハイヴはかがみ込み、彼女が戻した水色の表紙の本を引っ張り出した。それは歌劇楽譜選集の一冊だった。歌劇『売られた花嫁』（チェコの作曲家ベドルジハ・スメタナ［一八二四～一八八四］の作品）。この歌劇は面白い。ハイヴの顔に笑みが浮かび、マンジュー（米国の俳優アドルフ・マンジュー。一八九〇～一九六三。映画『巴里の女性』『モロッコ』などに出演）のような口ひげの左右が上がった。彼は楽譜のページを手早くパラパラとめくった。

紙切れが楽譜の終わり近くに挟んであった。彼は紙を取り出さずにメッセージを読み終え、楽譜を閉じて元の場所に戻した。任務完了まで二、三十秒しか、かからなかった。それは間違いなく彼の励みになった。今日は調子がいい。

小さな女の子を連れた中年女性がガラスのドアの外にいた。ハイヴはドアを引き、どうぞというように手を振りながら脇に寄った。

女性は沈んだ面持ちで礼を言い、子どもを前にして資料室に入ろうとした。その瞬間、急に足を止め、初めは疑わしげに、次は嫌悪と恐怖の表情でハイヴを見つめた。

ハイヴはひどく困惑したものの、声に出さない女性の口の複雑な動きが、図らずも読唇術の練習の機会になった。それは難なく読めた。

「なんて汚らわしい……」

女性は子どもをしっかり自分に引き寄せながら、腕っぷしの強い何かのチャンピオンでも探すかのように、腹立たしげにまわりを見回した。こうなったら、即座に撤退するのが最も賢明な策だった。ハイヴは大股で出口へ向かった。

入る時に彼を語気荒く呼び止めた図書館員が、背が高く痩せて頭のはげた男性――おそらく汚らわしい男の扱いに長《た》けた年長の同僚だ――とカウンターのそばで心配そうに相談しているのが見えた。

ふたりが同時に顔を上げた。男性が、呼び止めて詰問しそうな動きを見せた。

ハイヴは彼のほうを見ずに、足早に真っ直ぐ出口へ向かった。もしも非常ベルが大音量で鳴り響いて鋼鉄製の鎧戸が勢いよく下りたとしても、彼は少しも驚かなかっただろう。しかし、何事も起こらず、やがて彼は無事にマーケット・ストリートの群衆の中に埋もれていた。

対象者の尾行を再開する意味はあるだろうか？　いいや、ない。『売られた花嫁』の第三幕に彼女が差し挟んだメッセージは、会う約束の時と場所を具体的に示していた。

いずれにせよ、彼はできるだけ早く宿に戻って一人になりたかった。寝室の縦長の鏡を見れば必ず、図書館での憤慨した女性の謎が解けるはずだ。

知らないあいだに何か忌まわしい症状でも出たのだろうか？　疫病の兆候？　ハイヴは、指先をそっと頬に走らせた。夕方でひげが少し伸びていたが、それしか分からなかった。彼は、少年時代に『ドリアン・グレイの肖像』（オスカー・ワイルドの長編小説［一八九一年］）を読んでからというもの抱き続けている、馬鹿げてはいるが不安を掻き立てる疑念を払いのけた。

ハイヴはフォッブ（ズボンやチョッキの時計用ポケット）から金色の薄い懐中時計をゆっくり取り出し、ふたの開閉ボタンを押した。ふたがパッと開き、二つの情報が同時に見えた――時刻は五時十五分前であること、そしてこの時計はグランサム侯爵（グランサムはイングランド東部リンカンシャーの都市）の紋章の上に「モーティマー・ハイヴへ、感謝の印に――ローリー」と記されて贈られたものであることだ。どちらかと言えば、米国ウィスコンシン州出身の筋骨たくましい肉食系のグランサム侯爵夫人の紋章のほうが、わけあってハイヴはよく覚えていた（のちに彼はグランサム侯爵家の事務弁護士に「その夜はニシキヘビの巣穴での一夜のようだった」と申し立てていた）。しかし、彼はローリーを恨んでいたわけではなく、手数料に添えられたその時計を今でも大切にしていた。

五時十五分前という時刻は状況報告にはうってつけだった。彼は次に目にしたテレフォンブースに入り、市内の番号を回した。

「〈ドーヴァー〉?」ハイヴは用心深く尋ねた。

「そうだ」

「こちら、〈ヘイスティングズ〉（ドーヴァー海峡にほど近い港町の名）。大丈夫ですか? 今、私が――」

「大丈夫だ」

「〈カレー〉（ドーヴァー海峡に臨むフランスの港町の名）の監視は、彼女が大型犬と家を出た一〇二〇時に開始しました。彼女は川の近くの公園に行きましたが、犬に運動をさせるためだったようです」

「茶褐色と白の模様のだな?」

「何の話ですか?」

「その犬だ。茶褐色と白の」

「ああ……そうです」ハイヴは、よく覚えていなかった。

「素晴らしい犬だ。そう思わなかったか?」

「見とれるほどでした」

「よし、続けてくれ」

「〈カレー〉は公園に……」ハイヴは封筒に書いたメモを見た。「一一三〇時までいました。いっとき、雨がひどく降ってきて――」

「彼女は犬を雨に濡れさせなかったよな?」

「ええ、とんでもない。雨のかからない場所に連れて行って、雨が止むまでそこにいました。公園にいるあいだ、誰も対象者に接触しなかったのは確かです。そのあと彼女は幾つか店に寄って一二一五時に帰宅し、私はちょっと、宿……ホテルに戻って、濡れた服を着替えて出直しました」

ハイヴは言葉を切り、依頼人の同情の言葉に、たいしたことはありませんと答える用意をした。しかし、何も言ってはもらえなかった。

ハイヴは先を続けた。「一五〇〇時に〈カレー〉は家を出て、徒歩で町なかへ向かいました。彼女がウィロー・プレイトというティールームに入ると、すぐに女性が彼女のもとへ行きました。その女性の暗号名は、〈ディエップ〉（イギリス海峡に臨むフランス北部の港町の名）にしましょう」

「どんな女性だった？」

「ビリヤード台の脚のような女性でした、可哀想に。でも態度は快活で、様子は一風変わった、アメリカ人的な感じでした。髪は明るい色でフワッとしていて、声が大きく、歳は三十五かそこらです」

「誰だったか見当は付く」

「ウォッカ・ライムのような女性です。男性経験はないですね。賭けてもいいですよ」ハイヴはブースの側面に優雅に手を伸ばし、なめし革の黄色い手袋でガラスを軽く叩いた。そして、子ども時代の魅惑的な物語を思い起こしているかのように、宙に向かって穏やかに微笑んだ。

「悪く言う必要はない」

「悪口に聞こえましたか？」ハイヴは心底、戸惑った。

「いや、いい。続けたまえ。ふたりの話の内容は聞こえたのか？」

「内容の幾らかは、しっかりと。うまく隣の仕切り席に――そういう造りの店なんです――座れたので、ふたりが別々に立ち去る一六〇〇時頃まで会話のメモは取れました。〈カレー〉の声はとても聞こえにくかったんですが、〈ディエップ〉はそうでもなかったので、いわゆる『趣旨』は分かりました。かいつまんでお話ししましょうか？」

「ふたりがどういう手はずを整えたのかだけを知りたい。もうすでに、手はずは整っているんだよな？」

「ええ、そうです」ハイヴはそう言って、もう一度封筒に目をやり、封筒を逆さにした。「手短に言うと、こうです。〈ディエップ〉は今夜、ノッティンガム（イングランド中北部ノッティンガムシャーの州都）に行く予定です……」

「ノッティンガムは何の暗号だ？」

「何の暗号でもありません。ノッティンガムはノッティンガムです」

「我々の知るかぎりではな」

「彼女は今夜、列車で行きます。トレント・タワーズ・ホテルに一人部屋を予約するそうですが、〈カレー〉の名前でです。自分の名前ではなく。現地を立つのは明日の午前で、チェックアウト後に買い物をし、十一時の列車でフラックス・バラに戻ります。フラックス・バラ駅で、出迎えた〈カレー〉に買った品物とホテルの領収証を渡す、そういう手はずです」

しばらく沈黙があったあとで、相手が言った。

「なかなか良くやってくれた、ミスター……えーと……〈ヘイスティングズ〉」

「すべて仕事のうちですから、ミスター・〈ドーヴァー〉」ハイヴはガラス越しに、この五分間、まだかという様子でブースの外に立っている若い女性に、満面の笑みを向けた。そして手袋を上げて口をすぼめ、すぐに電話を切るからという様子を見せた。しかし、女性は感謝の表情を浮かべる代わりに、嫌悪に満ちた顔で睨みつけ（視線の先は胸元のような気がした）、ぶつぶつ言いながら足早に立ち去った。

ハイヴは、身に覚えなく不可解にも自分が人々の憎悪の的になっていることをますます思い知りながら、残りの報告を終えた。

「なあ、きみ」と〈ドーヴァー〉が言った。「彼女が残したそのメッセージは、例のあの……」

「おそらく、〈フォークストン〉（ケント州のドーヴァー海峡に臨む港町の名）宛ですね」ハイヴが助け舟を出した。

「そうそう、〈フォークストン〉宛に間違いない。そのメッセージだが、もう一度言ってくれないか。聞き違いがあっては大変だからな」

「メッセージはこうです。『今夜の手はずは万全。では、コテージで』」

「『コテージで』だな？」

「そうです」

「コテージの場所は分かるな？　私の指示は覚えているね？」

「もちろんです」ハイヴは答えた。

第四章

「ミス・キャドベリーというかたがお見えです。警部とちょっとお話をしたいそうで。このかたは事務局長で、えーと……」――ラブ巡査部長は手にした名刺を不審そうに見下ろした――「カインドリー・ケネル・クランの」

「白い頭巾をかぶってはいないよな？」（米国の白人至上主義の秘密結社クー・クラックス・クラン［Ku Klux Klan］の連想から）

「いいえ」とラブが答えた。「儀式とは関係ないと思います」

ミス・キャドベリーは苛立った様子で首元の琥珀の玉をいじくり回しながら、すでに部屋に入って来ようとしていた。

「今日は私どもの『旗の日』なんですの、警部さん。それで今、とんでもないことが起きているんです」

パーブライトは、まあまあお座りくださいと相手を椅子に座らせ、ラブにドアを閉めるよう合図した。

ミス・キャドベリーは大柄で痩せこけており、顎は産毛《うぶげ》に覆われていた。手は落ち着きなく動くせいで、大きさが際立った。膝も同様に大きかった。服は藤色のウールのスーツで、色あせる容貌を目立たなくするかのように庇《ひさし》のあるフェルトの帽子をかぶっていた。

「それで、ミス・キャドベリー。起きているとんでもないこととは何ですか？」

優に三十秒、彼女は口をつぐんでパーブライトをじっと見つめていた。これは話に劇的な効果をもたらすためであって、自分が非難される前兆ではないことをパーブライトは願った。

「委員会は」と、ようやく彼女が口を開いた。「てんやわんやですの。今も町の人たちが何て言っているか、想像するだに恐ろしいですわ。頼みの綱は、責任ある職の……」

パーブライトはその言葉にかなうように威厳のある表情で、相手の言葉を待った。女性の頑強そうな大きな指が、ハンドバッグの留め金のあたりをさまよっていた。バッグはがっしりした革のハンドバッグで、留め金は開閉するのにスパナのセットが必要そうに見えた。

ミス・キャドベリーは背筋をぴんと伸ばした。「単刀直入に申し上げますわ、警部さん。うちの団体の評判が落とされようとしているんです、策略によって、しかも実にたちの悪い手口で。無許可の人間がうちのメンバーとして募金活動をしているんですよ」

「今日しているということですね？」

「そうです。急いでお知らせにきたんです。どうにかしてください」

「もう少し具体的にお話を伺いたいのですが、ミス・キャドベリー。その人たちがどこで募金活動をしているのか、教えていただけますか？」

「場所は分かりません」

「ということは、ご自身が見たわけではないんですね？」

「でも、しているんです。それは間違いありません。寄せられているんですの……つまりその、証言が」

「どんな証言です？」

「それはもう、気が動転するような証言です」彼女の指は、今はハンドバッグの留め具の上でじっとしていた。パーブライトはまたしても、そのいかにも頑丈そうな留め金に驚嘆した。中に何が入っているのだろう……ペットのワシとか？

「大勢の人が『旗の日』の本部に押しかけているんです」ミス・キャドベリーが先を続けた。「皆さんの苦情たるや、それはそれは厳しいもので。皆さんにしてみれば無理もないんですけど、私どもには、もちろん非は全くありません。それを納得していただこうとしましたが、こういう件は、なかなか元どおりにはなりません」

「もしもですね」とパーブライトが言った。「何についての苦情なのか聞かせていただければ助かります。つまり、寄付金を渡した相手が無許可だったと、皆さんにはどうして分かったんですか？ あなたが気になさるのは理解できますが、一般の人は勧誘が公認か非公認かの区別など気にしますかね？」

「私どもは勧誘などしておりません！」痩せこけたミス・キャドベリーの胸がその堂々とした憤慨振りで張り出ていたとしても、パーブライトの驚嘆の目には留まらなかっただろう。

ラブが役立とうと口を挟んだ。「問題になっているのはステッカーなんです、警部。ひんしゅくを買っていると思います」

「そうなのか」パーブライトが言った。「それでは詳しく話してください、ミス・キャドベリー」

彼女は頷いて話し始めた。「無許可のステッカーは私どものステッカーにそっくりなんですけど、全くの無許可で、それが出回ってしまったんです。そのステッカーには……」――彼女は一瞬ためらった――「文言が書いてあるんですの」

「あなたがたのには、文言はないのですか？」

「ありません、あんな文言は！」

パーブライトの鈍感さがこれ以上雄弁にとがめられることは、あり得なかっただろう。

「あれは、言わばメッセージでした」しばらくしてから、ミス・キャドベリーは話を続けた。「私どものステッカーにそっくりなものの上に、堂々と印刷してあるんです。『メッセージ』という表現も、ふさわしいとは言えないかもしれませんが」彼女は眉をひそめた。

「そうなんですか？」

「ええ。『招待』ですね。それも、何とも見苦しい部類の」

ラブは今回も説明に乗り出した。「縁日でよく見る類いですよ、警部。ほら、滑稽な帽子に書いてある」

巨大なハンドバッグがカチリと音を立て、驚くほどの大口を開けた。「滑稽なところなど何一つありません」ミス・キャドベリーの声が轟いた。「これらには、警部さん！」

＊

町なかでは、募金の缶のジャラジャラという音は――公認であれ非公認であれ――すっかり聞こえなくなっていた。カインドリー・ケネル・クランの募金係たちは戦略的な口説き文句を切り上げて、キャサリン・ストリートの委員会室に集まっていた。彼らは民間防衛活動団体から借りてきた野外炊事用の金属製紅茶沸かし器を囲み（沸かし器には「原爆被爆時の非常用紅茶沸かし器。スタンステッド・ガーデンズ四十一番地」と記載されていた）、やれやれというように紅茶をすすりながら、代わる代わる、長い架台式テーブルの上に硬貨を滝のように落として獲得金額を数えた。

その頃、ミスター・ハイヴは電話報告を終えて大急ぎで宿に戻り、衣装戸棚の鏡に映る自分の姿を五分間、困惑顔で注意深く点検した結果、村八分になった原因をようやく突き止めていた。そして、その不愉快なステッカー――優れた性的能力の自信満々なグッド・ハウスキーピング認定証（主婦向け月刊誌『グッド・ハウスキーピング』の研究所による家庭用品品質保証シール）のようなもの――を、マントルピースの上の壁に掛かっているアルバート公（英国ヴィクトリア女王の夫君。一八一九～六一）のメゾチント（明暗の効果を出す銅版画技法）の実物大肖像画の胸元にすでに付け替えていた。

今、ハイヴは考え込んだ様子で厚手のタンブラーからジンをちびちび飲みながら、テーブルに広げたものを点検していた――重々しげに旧式なハーフサイズ・カメラ、撮枠《とりわく》（ロールフィルムを使用しないカメラのシートフィルムや乾板の装填用遮光ケース）が数ケース、フラッシュバルブが一箱とバッテリー。バッテリーはブレーキライト用のフラッシュバルブで試してから、カメラにはめ込んだ。やがて、長い肩掛け用革紐の付いた使い古しの革製携帯用ケースにそれらをすべて詰め込み、ドアの脇に置いた。最後にグランサム侯爵の感謝の印の時計で時刻を見てから、タンブラーにもう一杯ジンを注ぎ、ほっと溜息をつきながらベッドの背もたれに寄りかかった。

一方、フラックス・バラ駅では、列車がプラットホームに入って来ようとしていた。ノッティンガム行きのその日三番目の、そして最後の列車だった。ホームの二十人ほどの人々の中に、人前をはばかって口論を一時中断した、ぎこちない様子の男女がいた。鮮やかな緑色の帽子をかぶり、小さな化粧道具入れを手にしたその女性は顔をしかめて黙っていた。連れの男性も列車がゴトゴトとホームに入って甲高い音とともに止まるあいだは同様に無口だったが、優しいながらも意を決した気遣いの表情を浮かべていた。男性は人のいないコンパートメントを指差し、女性の先に立ってドアを開けた。女性は、ようやく口を開いた。「空《す》いているって言ったでしょ。あなたが来る必要なんて全然なかったのよ」

彼女は客車に乗り込み、憤りに身体をこわばらせながら隅の席に腰を下ろした。男性はまだホームにいた。彼がドアを閉めようとしたその時、数ヤード先で列車に乗ろうとしている女性が目に留まった。彼は大声で呼び掛けて手招きした。相手の女性は、彼を見てびっくりした様子だった。彼はもう一度手招きをした。女性は数秒間ためらったあとで、作り笑いを浮かべながら彼のほうへやって来た。彼は快活に女性をコンパートメントに案内してから、列車のドアを閉めた。列車が動き始めた。プラットホームの男性は、最後尾の客車が滑らかに信号所を通り過ぎて踏切の遮断機が上がり、駅の西の端で詰まっていた車や自転車の流れが解き放たれるまで見つめていた。やがて、彼は向きを変えて出口に向かった。耐え続けていた気遣いの微笑みは、楽しんでいる満面の笑みに変わっていた。

町は、カタカタと音を立てながら埠頭や材木置き場や工場から家路を急ぐ自転車で溢れていた。自転車を漕ぐ誰もが、この時間帯ばかりは数にものを言わせて町を占領した気分だった。材木業者や缶詰工、修理工、波止場の作業員たちが一団ごとにまとまって疾走し、分岐点や交差点で冗談や大声の別れの挨拶を交わしては分かれていった。高齢の人たちは一人あるいは二人一組で走っていた。彼らはほかの人たちが追い越すに任せながら、背筋を伸ばした威厳ある態度でサドルに座り、自慢そうに片手でパイプに火を点けた。若者たちの悪ふざけには見て見ぬふりをした。若者たちは曲乗りのように立ち上がってペダルを踏み込んだり、ハンドルに顎が付くほど身をかがめて猛スピードで競走をしたりしていた。缶詰工場の若い女性たちからの甲高い歓声が目当てだ。

　商店は店じまいの時刻だった。しかし、都会のように無愛想に閉店するわけではなく、さりげなく融通を利かせてくれた。フラックス・バラでは、ほかの大半の事柄と同じく、時刻も歩み寄りが肝心だった。したがって六時二十分前に、名目上は五時に終わるはずの肉屋の戸の鍵が掛かっていなくても、マレー巡査部長は少しも驚かなかった。彼は店に入り、圧縮成形した牛肉を夕食用に買った。検死担当の警官の性《さが》で（その点で言えば、肉屋の性《さが》でもあっただろう）、世間話は死体の話だった。「今週になって二件だ」マレーが確認するかのように言った。「一件は自然死だと判明した。もう一件はパーシー・ハラムっていう名の若者だった」「ああ、あれ。例のオートバイの事故だね」「問題なのは、いつも三件セットだっていうことなんだ。いつも必ず。だから今は、何かをやろうっていう気になれない。分かるかい――ホテルの寝室で上の階のやつが靴をもう一つ脱ぎ落とす音を待ってる男と同じでね」「上の階のそいつは、どんなやつなのかね？」「三本足のやつだよ」

　マレーが肉屋の店から出ると同時に、ヘストン・レーン・エンド行きの市営の青い無料バスが通り過ぎた。前から四番目の左側の席に座っている乗客の運命を、彼は知る由もなかった。さもなければ彼はその女性に、ほんの一瞬無関心な視線を向ける以上のことをしたに違いない。女性は帰宅後に、三件目の検死審問の対象者になる運命だった。

　その女性はミセス・ヘンリエッタ・パルグローヴ、四十三歳、主婦。住所はフラックス・バラのブロンプトン・ガーデンズ、ダンローミン（Dunroamin はコテージや小ホテルの名称によく使われる。「done roaming［放浪を終えて］」に由来）。慈善団体の代表でボランティアの社会事業家、動物愛好家。彼女は次の金曜日に『フラックスバラ・シティズン』に載り、不幸にも在りし日を偲ばれることになる。

バスは人の姿が消えゆく町をゆっくり進み、セント・ローレンス教会とバートン広場で今日最後の乗客たちを乗せた。その後、バスはバートン・レーンに入り、二カ所の公営住宅団地をあちこち巡る周遊ツアーが始まった。十分後、乗客が減ると、上品なミセス・パルグローヴの提言で、バスはヘストン・レーンの南の並木道に沿った住宅団地へ向かった。その団地は、町なかのさほど立派ではない住宅の嫉妬深い住人たちから、悪意をもって「債務者の隠遁所」と呼ばれていた。

ミセス・パルグローヴはブロンプトン・ガーデンズの端に近い停留所でバスを降り、家に向かった。彼女のほかには、道に人影はなかった。だいたいいつも、そうだった。ここに住まいを定めた人たちは、互いの目に留まるのを避けるために、わざわざここを選んだのだ。中世の先祖たちが邪悪な目に留まるのを恐れたように、彼らは「監視される」のを恐れていた。高い木々の葉のあいだから時おり垣間見える赤いタイルや煉瓦だけが、とりあえずブロンプトン・ガーデンズには人が住んでいるという証しに見えたことだろう。

ダンローミンは、道路が急に狭《せば》まって広い野原を抜ける砂利道になる手前の、左側にある最後から二番目の家だった。その砂利道は最終的には町のほうへと折り返し、チャルムズベリーからフラックス・バラに続く幹線道路に合流している。家は周囲の庭を縁取る高さ十フィート以上の生い茂ったブナの垣根によってだけではなく、正面の芝生の中央にある年を経た一対のクリの巨木によっても人目から遮られていた。新しそうなコンクリートの私道が芝生のへりを巡り、家の脇を通って舗装された広々とした場所に通じており、中庭のようなその場所は、コンクリート製の台座付き飾り壺のゼラニウムとベゴニアで華やかに彩られていた。中庭の向こう側からは車の通れる道がバラの花壇と芝生のあいだを抜けて、車二台用の車庫へと続いていた。車庫は石に似せて表面を粗くしたコンクリート・

ブロック造りで、半分はつる性の植物で隠れている。車庫のすぐ脇には、ブナの垣根のあいだに裏道へ抜ける通路があった。

ミセス・パルグローヴが家の近くまで来ると、車のエンジンの低く唸る音が聞こえてきた。音が突然、轟音になった。そして静まり、再び轟き、また静まった。

眉をひそめながら、ミセス・パルグローヴは庭の先に目をやった。またしても轟音が響き渡った。縄につながれ、いじめられている獣《けもの》の抗議の唸り声のようだ。轟音のたびに排気ガスの空色の小さな煙が、車庫の開け放たれた戸口から流れ出た。

レナード・パルグローヴは四十四歳。会社の社長、商工会議所のメンバー、恋愛小説作家のなりそこない。さらにはスポーツカーの熱烈な愛好家で、いま彼はアストン・マーティンに求愛しているさなかだった。

ミセス・パルグローヴは笑みを浮かべたが愛情はこもっておらず、そのまま歩き続けた。コンクリートの壺が並んでいる中庭まで来ると足を止め、何かを地面に下ろした。犬だった。あまりに小さかったので、ミセス・パルグローヴの曲げた肘と張り出した胸のあいだに抱えられていた時は姿が隠れていた。自由になった犬は、前脚を高く上げて走るネズミのように飛び跳ねながら身近な壺まで行き、鳩のドラム・スティック（料理した鶏などの脚）ほどの片脚を壺に掛けた。ミセス・パルグローヴはロドニーと呼びながら、犬に話しかけた。ささやき声であれこれ優しく問いかけた。ロドニーは何も返答しなかった。

家のドアを開けたまま、ミセス・パルグローヴは灰色の絨毯の敷いてあるひんやりした玄関ホールを通り、キッチンに入った。そこはまさに非の打ち所のない、ピカピカに光る、サフラン色と白色から成る実験室だった。ミセス・パルグローヴは中央のテーブルの上に、ペニーズ・パントリーからずっと箱の輪っか状のリボンを指一本に掛けて下げてきた、四角い厚紙の箱を置いた。リボンをほどき、慎重に箱のふたを持ち上げた。でき立てのケーキの、バターと砂糖の甘い香りが立ち上った。かすかにスミレとアーモンドの香りもした。ミセス・パルグローヴは窓辺に手を伸ばして換気扇の紐を引いた。そして、ケーキを一つずつ箱から取り出し、皿の上に蔦《つた》のつややかな大きい葉に似せて並べた。並んでいるケーキをしばらくじっと見つめていたが、やがてチョコレートクリームのロールケーキを小皿に移して床に置き、「ロドニー！」と大声で呼んだ。

　三度呼んだところで犬がやって来た。犬はケーキの砂糖衣《ごろも》を少しなめただけで、飽きてウロウロし出した。ミセス・パルグローヴはかがみ込み、ケーキを綺麗に小さくサイコロ状に切り分けた。犬が戻ってきて、においを嗅いだ。「ケーキよ」ミセス・パルグローヴが言い聞かせた。「美味しいわよ！」この二つの情報を何度か、しかも熱烈な口調で繰り返し伝えたにもかかわらず、ロドニーは何の反応も示さなかった。ミセス・パルグローヴは最後にはロドニーを「困った子」と呼んで、ほかのケーキが載っている皿を手に、一人で居間へ行った。

　夫はその十分後に居間にやって来て、唯一残っていたココナッツ・キスにぎりぎり間に合った。彼は座りもせずに、あわてて食べた。夫がべたついた指先を上の空で椅子の木綿更紗のカバーで拭いているのを、ミセス・パルグローヴは嫌そうな目で見た。そして空いた皿をキッチンへ持ってゆき、洗って片付けた。

「今夜、レスター（イングランド中部レスターシャーの州都）に行かなきゃならない」居間に戻った彼女にレナードが言った。彼は立ったままだった。立っていることが体重維持の堅実な方法だと信じていた。

レスターと言えば、ここから七、八十マイルはある。それで、あの車をいじくり回していたというわけか……。

「どうしてレスターなんかに行きたいの？」

「行きたいんじゃない。行かなきゃならないって言ったんだ。仕事だよ」

「それじゃあ遅くなるのね？」

彼は肩をすくめながら振り向いた。「おいおい、今夜中に戻るのは無理だ。泊まってくるよ。たぶん、トニーが泊めてくれる」

「トニー？」レスターの人間であれ、ほかのどこの人間であれ、トニーという人物について聞くのは今回が初めてだという口調だった。

「ハーディ＝リヴィングストン社のトニーだよ。きみ、知ってるだろ。アルヴィスに乗ってる」

「そんなふうに人の家に突然押しかけるもんじゃないわ。相手はホテルの経営者じゃないんだから」

「トニーは嫌がったりしない。奥さんも」

ミセス・パルグローヴは不機嫌な表情で夫を見た。「レスターでの仕事って、一体何なのよ？」

「何て言うか……機械関連だ。どうせ、きみにはどうでもいいことだろう」

「どうでもよくはないわ。いきなり、これから出かけて、あたしが名前も聞いたことのない誰かさんのうちに泊まるなんて」

「だから、彼のことは絶対に聞いてるって。トニー・ウィルコックスだよ。ああ、そうだ。きみは一年前に会社の夕食会で彼に会ってる。二年前だったか」

「二年前？」

「ああ」

「二年前は、あなた一人で行ったわ。あたしは例の副鼻腔の手術の日だったから」

「そうか、それなら三年前か。そんなのいつだっていいだろ」

「よくないわ。あなたが乱暴な言い方でやり過ごそうとしてることから察するとね。あなたって何かやましいことがある時は、いつもそうだもの」

レナードは天井を仰いだ。「ああ、全くもう……」

見たところ、ごくありふれた口喧嘩だった。隣人たちは耳にしなかったが、耳にしたとしても大ごととは思わなかっただろう。しかし、口論に驚いて図らずも立ち聞きをした人物がいた。彼は本などを扱っているドーソンの店の少年で、夕刊の配達中だった。その少年は、口喧嘩は当然ながら一般庶民の特権であって、ブロンプトン・ガーデンズに住んでいるような人々の秩序ある暮らしには縁がないと信じて育ってきた。そこで、ミセス・パルグローヴの優雅な居間の少し開いた窓から、一般家庭では馴染みの罵《ののし》り合いが聞こえた時、少年は好奇心から立ち止まった。

それはミスター・パルグローヴにとって不運な出来事だった。

第五章

ミスター・ハイヴは、もう部屋から下りて行っても、強引に手厚くもてなしてくれる宿の女主人がフィッシュ・ケーキ（魚肉、特に塩漬けタラとマッシュポテトの偏平な揚げ団子）のにおいをプンプンさせて待ち受けている恐れはないと判断するまでに、ジンを一瓶の四分の三、空けていた。今ならば、万が一、怖じ気づいてしまいそうな量の夕食の残り――ミセス・オブライエンがおだてても脅しても、ほかの宿泊客の「殿方たち」の食道を通らせることができなかった分――の片付けが済んでいなかったにせよ、少なくとも彼には説得に屈しない自信があった。

彼の楽観論は、たまたま試されずに済んだ。ミセス・オブライエンは、やって来た近所の人の世間話のおかげで奥のキッチンに引き留められ、パトロールをしていなかった。

道路に面したドアから出たハイヴは、できるかぎりそっとドアを閉め、しっかり抱えていた大きなカメラケースをその場に下ろした。踏み段を爪先立ちで下りるあいだに、手すりにケースがぶつかって音を立ててはまずい。彼は踏み段を下り、薄紫色の絹のネクタイを軽く直し、口ひげをなで、片方の手袋をはめた。そしておもむろにケースの革紐を左肩に掛け、荷の重さが許すかぎり足早に、数ヤード先に停めておいた年季の入った小型車へ向かった。

車は五分後に、スリー・クラウンズ・ホテルの丸石舗装された敷地に停車した。

ハイヴはチャンドラーズ・ルームというバーのその晩最初の客だった。そのバーの名前は、とりわけ穀物商たちがよく出入りしていた時代からのものだ（「チャンドラー［chandler］」は「特定の商品を専門に扱っている商人」の意）。当時、彼らは穀物の見本を入れた小さなズックを回し合い、オランダ・ジンの水割りをドレンチ・バケット（サウナでの水かぶりやプールなどでの水遊びに使われる大きなバケツ）かと思うような大きなマグから喉に流し込んでいた。バーは天井が低く羽目板張りで、外の路地からはほとんど明かりが入らなかったが、ここ数年で天井の灯りが増えるとともに、新式のカウンターの奥まった鏡張りの壁からルバーブ・ピンク（ルバーブ［和名は食用大黄（しょくようだいおう）］の葉柄の色）の反射光が輝いていた。天井の梁《はり》は見るからに古かった。湾曲し黒ずんだオーク材の様子から、店は上階のやたらに広く古いホテルに徐々に押しつぶされつつあり、いつかは、横になって酒を飲んでもいいという客だけを受け入れることになりそうだ。

　今のところ、そういう極限状態には程遠いものの、ハイヴは入り口からカウンターまで行くのに、一度ならず頭を下げなければならなかった。

　カウンターの奥には誰もいなかった。ハイヴはカメラケースを床に下ろし、ケースの上に片足を乗せて、接客をしに人が出てきそうな奥の部屋を覗き込んだ。

　若い女性が――ハイヴは一目でセクシーな女性だと査定した。何なりとご用をと問いかけるように開いた赤くふっくらした唇、ふくよかな白い腕、そして心からの歓迎を示す素晴らしい胸――台帳に記入していたテーブルから立って、彼のほうへやって来た。

　ハイヴは帽子を取り、自分の右手のすぼめた指先に軽くキスをしてから指先を開いて、相手への称賛の気持ちを示した。

　彼はここでもジンを飲もうと思っていたのだが、この状況ではふさわしくないと考えた。

「申し訳ないが、ブランデーを少々いただいてもよろしいかな？」

「えーと、お持ち帰りでしょうか？」女性に対する回りくどい慇懃さにまるで慣れていなかった女性バーテンダーは、相手は医者で、道で卒倒した人に気つけ薬が入り用なのだろうと思った。

ハイヴは微笑んだ。「あなたのような魅力的なかたがおられるというのに、店を出てブランデーを飲みたいなどと思うわけがない！」

今回は彼女もどうにか意味を理解し、後ろを向いて手を伸ばすと、ボトルを下ろした。「シングルですか？」

「いや、ダブルをいただいたほうが良さそうだ」

彼女がブランデーの量を測っているあいだ、ハイヴは彼女の胸の谷間を満足そうに見下ろしていた。

彼女はピンク色の薄い紙のコースターにブランデーのグラスを置き、水差しとソーダ・サイフォンを近くに寄せた。「七シリングいただきます」

ハイヴは優雅に会釈し、腰のポケットから小銭を一握り取り出した。広げた手の平の上の小銭から、ゆっくりと硬貨を選んだ。その動作は、ほっそりした清潔で器用な指と、洗濯とアイロンの行き届いたカフスをも目立たせる役に立った。カフスボタンは金色で、交差した漕艇用オールをかたどってあった。それに気づいた彼女は指差して言った。「素敵ですね」

ハイヴはまるで初めてその存在に気づいたかのようにカフスボタンを見た。そして、小銭を乗せていた手を閉じて左右に回しながら、小さな金色のオールに光を当てた。「スポーツに熱中した青春時代の形見でね」と、彼は物思いにふけりながら言った。やがて顔を輝かせた。「おや、そうか。ヘンリー（ヘンリー・ロイヤル・レガッタ［毎年夏にヘンリー＝オン＝テムズで行なわれる国際漕艇競技］）、一九四八年——ということは、それほど昔ではないんだ。それならたぶん、まだエイト（舵手以外の八人が漕ぐレース用ボート）の整調（艇尾で舵手の向かいに座り、漕手たちの漕調を整える漕手）を漕げるな」

「きっと漕げますよ」彼女が言った。

ハイヴは両手をポケットに入れて中空を見つめた。虚《うつ》ろな彼の穏やかな表情の奥で思い出されていたのは、木洩れ日の差す水面《みなも》での緩やかに流れる幸せな午後のひととき、オール受けのリズミカルなきしむ音、艇首が生じる波が川の生き物たちの巣穴で立てる音……。

「ああ、えーと」彼はグラスに手を伸ばした。「あなたの健康を祝して！」

「ありがとうございます」彼女が小声でつぶやいた。彼が考え込みながらブランデーを二口三口飲むのを待って、彼女が言った。「いかがですか？」

ハイヴは軽くウインクして、口を突き出した。「最高ですよ！」

彼女は頷いて言った。「それでは、七シリングいただきます」

彼は、しまったというように顔を大きくしかめながら額を数回叩き、あらためて小銭を取り出した。今回は几帳面に数えながら、差し出している彼女の手に支払い分を置いた。

ほかの客たちが来始めた。ハイヴはグラスとカメラケースを持ち、ボディス（女性用のぴったりしたベスト。一般的に前中央を紐締めにする）の上部から一対の月が昇ったような女性バーテンダーの胸にもう一度ちらりと称賛の視線を向けてから、ドアの向かいの壁際のテーブルに移った。

その後の二十分のあいだに二度、彼はカウンターに行ってお代わりを注文し、この素晴らしい女性にもっと気に入られたいものだと思った。

その一度目の時、彼女は砕けた調子で訊いてきた。「ところで、あなたはお生まれはどちらですの？」どこだと思うかと彼が訊き返すと、彼女ははにかんだように首を横に振ったので、彼は引用を用いて、「ダンバーが言う『都市の華《はな》』（スコットランドの詩人ウィリアム・ダンバー〔一四六〇頃～一五二〇頃〕は、ロンドンを「Flower of Cities All」と呼んだ）の生まれなんですよ」と答えた。「まあ、そうなんですか」彼女は驚いたように言った。「どう見ても、スコットランドのかたのようには見えませんけど」

そして今また彼女を前にして、ハイヴはバラの花を捧げるように空のグラスを差し出した。彼女はボトルとピューター（錫の合金）製のメジャーカップを相手に、かいがいしく働いた。ハイヴは、今回は文学以外の会話の糸口を探そうと、まわりを見回した。ふと、カウンターの上の肘の左側にある箱が目に留まった。募金箱だ。どことなく、何か妙に見覚えがある。胸ポケットから眼鏡を取り出してラベルを読んだ。

「おやおや！」彼から驚きの声があがった。

彼女は顔を上げた。客の顔には、思い当たった嬉しさから満面の笑みが浮かんでいた。

「ルーシー……」ハイヴが独り言をつぶやいた。彼はまたしても楽しそうにぼんやりしていた。

「ルーシー・何さんですの？」

「うむ……？」

「何でもありません」彼女はピンク色の小さなコースターを一枚取って、お代わりのブランデーを置いた。ハイヴは催促されることなく支払った。

「教えてくれますか」彼は、ふと思い立って訊いてみた。「この箱をここに誰が持って来たかご存じなら。ひょっとしてロンドンから来た女性ではなかったかな？　話し振りが上品で、えーと、感じのいい」

「ロンドンから来られたかどうかは分かりませんが、今はここにお住まいです。フラックスに」

「ここに？　本当に、ここに？」

「そうです」彼女はそう言って、関心がなさそうに箱を眺めた。ザ・ニューワールド・ポニー・レスキュー・キャンペーンには全く何の感情も抱いていないように見えた。「名前を思い出そうとしているんですけど。面白い名前だったような……」

「ミス・ルシーラ・ティータイム」と、ハイヴが高らかに言った。

「そうそう」彼女がクスクスと笑った。「そうでした。ティータイム！」彼女は直観的に、面白がるのはやめたほうがいいと思った。「ご友人なんですか？」彼女が尋ねた。

「古くからの友人です……実に素晴らしい女性です」

「とても素敵なかたに見えました」

「あなたが幸運にも彼女と知り合いだったかと思うと、嬉しいですよ」

「でも、それほど頻繁にいらっしゃるわけではありません」彼女が言った。「募金箱の管理のためだけなので」

ハイヴは頷いた。「世のため人のために、倦《う》まずたゆまず働く人なんです」彼はまた募金箱を手に取り、今度は少し念入りに眺めた。やがて、親しみを込めて箱を軽く叩いて言った。「彼女が気に入っている慈善団体の一つなんですよ、ここは」

彼は自分の席に戻った。バーには、ほかに客が七、八人いた。彼は客たちを一人ずつグラスの縁越しに観察し、全員を――居住まいを正して座っている顔の色つやの良い田舎の若者らしいカップルから、考え事をしながらビールをぐいと一飲みするたびに「バ〜」（ヒツジの鳴き声は英語では「baa」）と小さな声を出す癖のせいで、ヒツジにそっくりな顔が一層そっくりに見える年老いた農夫にいたるまで一人残らず――

好ましいと思った。

ハイヴがブランデーのダブルの四杯目をちょうど飲み始めた時、男性三人の一団が店に入って来た。しばし三人はドアの内側に立ち、先頭の男性が人を探す風情で客たちを見回した。

その男性は中背で、特にこれという色ではない薄毛を後ろになでつけ、顔は肉付きは良いが土気色で、目はまばたきをせず、突き出ていた。しっかりと足を地に着けた前傾姿勢は、すぐにでも飛びのく準備はできていることを示していた。ハイヴがこの男性が誰か知らなかったとしても、推理を働かせれば、これはいたずら好きな少年たちの罠に備える典型的な体勢、つまり教師の姿勢だと分かっただろう。

しかし実際のところハイヴにはすぐに、それが誰だか分かった。フラックスバラ・グラマースクールの四年の学級担任で地理と宗教、水泳を教えている文学修士、ミスター・キングズリー・ブッカーだった。連れの二人のことは知らなかったものの、きっと好きになるだろうと思い、ハイヴは即座に笑みを浮かべた。

ブッカーがハイヴに気づいて言った。「やあ」ブッカーは強風に向かって歩いているかのように、さらにやや前傾姿勢になってハイヴの席にやって来た。そして、ハイヴを二人に引き合わせた。

「こちら、ミスター・モーティマー・ハイヴ……こちらはミスター・クレイ、うちの校長だ」

ハイヴは、彼を熱心に見つめている、ずんぐりとして活気に溢れた相手の、柔らかでとても温かな手を握った。クレイ校長は、ハイヴが見たことのないほど滑らかで光沢のある顔をしていた。鳥の嘴のような形の小さな鼻もつるつるで、ピンク色の磁器のようだ。鼻は、その鼻が支えているパンスネ（pince-nez「フランス語」。鼻眼鏡のこと。耳に掛けるツルがなく、バネで鼻に固定する）のレンズと同じぐらい磨かれていた。

「そして、こちらが、州の若年雇用調整官のミスター・オトゥール」

「やあ、どうも」と、ミスター・オトゥールが気さくに挨拶した。手は差し出さずに即座に振り返り、酒類が飲める店であることを確認した。

ハイヴは三人に、飲み物は何をお持ちしましょうかと尋ねた。クレイ校長はしばらく考えてから超辛口のシェリー酒を少々いただきたいと言い、ブッカーは、話に聞いたラガー&ライムを試してみたいと言った。ミスター・オトゥールは「ビール一パイント」（一パイントは約〇・五七リットル）だった。

カウンターの奥の女性は、ハイヴから注文を聞いて嬉しそうに見えた。「それじゃあ、もうご友人ができたんですね。それは何よりです」彼女はまず、一番手間の要らない注文に取りかかり、若年雇用調整官用のマイルド・エールを一パイント、樽から注いだ。

「ああ、この町はこじんまりしていて、みんな人付き合いがいいからね」ハイヴが言った。

彼女は次にティオ・ぺぺを注ぎ、それから、ライム・コーディアルをたっぷり加えた英国式ラガーをグラスに注いだ。「はい、ご婦人方にどうぞ」と、彼女はおどけた口調で言った。ハイヴは誤解を正そうとしたが、これで自分の株が上がるかもしれないと思い直した。

みんなに飲み物を回すのをブッカーが手伝った。そのあいだに、彼のツイードのジャケットの両肘に革の大きな肘当てが付いているのが見えた。ジャケットもその下に着ているボタン留めのウールのカーディガンも、かなり長いあいだ着用されてきたもののようだ。

クレイ校長はシェリーを受け取る際、常日頃の無駄のない動きで取り澄まして小さく頷き（「皮膚がかなり突っ張っているに違いない、気の毒に」とハイヴはしみじみ思った）、クリスマスのために取っておくかのように少し離れたところにグラスを置いた。

「ロンドンのご出身とお見受けしますが」クレイ校長が言った。

ハイヴは、そうだと答えた。

「チャンスが溢れている街ですな」校長が言った。

「ええ、チャンスは幾らでもあります」

「あなたならお分かりでしょう、ミスター・ハイヴ。我が校の若者たちにとって、ロンドンは非常に魅力的な街です。夢の実現が約束される場所なんですよ。我々教育者は懐疑的ですがね――もちろん、もっともな理由があってのことです。だが我々に、若者たちの世間知らずな思い込みを矯正できるとは思っていません。経験によってしか矯正はできませんから」

ハイヴのかたわらで一瞬、苦笑いの声がした。ミスター・オトゥールの声だった。彼は、すでに空になったグラスの縁で顎の脇をこすっていた。奇妙な摩擦音が――自転車のベルの軋んだ音とでも言えるような音が――していた。

「校長がこれからお話ししようと思っている件はだね、おそらく――」

「おいおい、ブッカー君。願わくは、わしの話の先はわしに言わせてくれたまえ。ミスター・ハイヴにはすぐに話の趣旨がお分かりになるだろう」クレイ校長はハイヴのほうへ身をかがめ、相手がブランデーの残りを素早く飲み込むのを待ってから先を続けた。「我が校では折に触れて、キャリア・シンポジウムと称するものを開催しておりましてな。参加するのは五学年と六学年の生徒で、彼らは我々がお招きした様々な職種を代表するかたたちに質問することができます」

「素晴らしいお考え《スプレンディッド・アイディア》ですね！」ハイヴが称賛した。

満足そうな小さな笑みで、校長のつややかな顔の光沢と輝きが増した。「自慢ではありませんが、役に立っていると思います」

「素晴らしい《スプレンディッド》！」（ハイヴは、「素晴らしい《スプレンディッド》」は素晴らしい《スプレンディッド》言葉だと決めてかかっていた）

「ありがとうございます。ところで、ちょうど今晩、えーと二十五分後に、そのシンポジウムが開催されることになっています。今回のパネリスト《パネル》の方々は――『パネル』はまさにぴったりな言葉だと思いますが――稀に見る興味深い方々でして。出席のお約束をいただいているのは、事務弁護士、不動産業者、警察の警部、それから……えーと……確か、製材所の経営者のかただったかと。

ただ残念ながら――と、ここからが本題で、あなたがこの町にいらしていることをこのブッカー君からたまたま聞いて以来ずっと考えていた件の話になるのですが――残念ながら、つまりですね、皆さん、この町で仕事をなさっているんです。立派なかたたちなんですよ、とても。ただ、身近な例だと反応が鈍い生徒がいるのではないかと思いまして。彼らは別世界のものに興味を引かれるんです。ですから、もしもザ・グレイト・メトロポリスからの来訪者をお迎えすることで彼らが想像力に何らかの刺激を受けられれば――」

「ザ・グレイト・メ・トロプス《身持ちの悪い女たち》……」と、ミスター・オトゥールが敵意のある口調でつぶやいた。彼は空のグラスをテーブルに戻し、中指の爪で弾《はじ》いては鈴のような音を立てていた。

ブッカーが立ち上がって、クレイ校長に尋ねた。「飲み物をお持ちしましょうか？」校長は首を横に振って、「今はいい」と答えた。ハイヴとミスター・オトゥールのグラスはブッカーの手元にあった。彼の知らぬ間に、そこに移動していた。彼はそれらを手にカウンターへ向かった。

クレイ校長は、シンポジウムにさりげなく招待したことを分かってもらえたか確信がなかった。校長はハイヴをじっと見つめていたが、ハイヴは全幅の好意を示して見つめ返しているだけで、黙ったままだった。

「恐れ入りますが」と、ついに校長が言った。「我々の、あのう、ちょっとしたシンポジウムに出ていただいて、あなたのお仕事について生徒たちに少しお話ししていただけると、大変ありがたいのですが」

ハイヴの目が大きく見開いて輝き、口がぽかんと開いた。彼は片手を胸に置いて立ち上がった。手は胸から離れて円を二、三度描き、指を開いて宙にとどまった。「案内してくださいな、校長」と、ハイヴが大声で言った。「あなたのご同胞たちのもとへ！」

クレイ校長は、これほどの熱意を予期してはいなかった。少し驚いているように見えた。「本当によろしいのですか？」校長は、ハイヴがすぐに普通の姿勢に戻るのを期待しながら尋ねた。

「よろしいのかですって？　もちろんですとも！　私にとってこれ以上嬉しいことは何一つ思い浮かびませんとも！」ハイヴは椅子にドスンと腰を下ろした。足が何か硬い物にぶつかった。見下ろすと、カメラケースだった。

「やれやれ！」ハイヴが残念そうに言った。

「何か不都合なことでも？」

「やれやれ！」とハイヴがまた言って、小指をなめた。

クレイ校長が心配そうに彼を見つめた。

「実は」とハイヴが言った。「とても大事な約束を思い出しました」

ミスター・オトゥールの、かすかだが紛れもなく愚弄するようなせせら笑いが聞こえた。彼はグラスを手放してからは、一人、世をはかなんだ様子で椅子に身を沈めていた。

「とても大事な」ハイヴが繰り返した。

校長は顔をしかめ、カウンターから戻ってきたブッカーを見上げた。「ミスター・ハイヴは約束がおありだそうだよ。きみは、その件は一言も言わなかったね」

「それは、私も聞いていなかったよな？　いずれにせよ、その約束とやらはそんなに急を要するわけじゃないんだろう？　なあ、ミスター・ハイヴ？」ブッカーはそう言いながらも目は、トレイからテーブルへ慎重に移動させているグラスから離さなかった。

「生徒たちは、すごくがっかりするでしょうな」校長が言った。

ハイヴは時計を取り出した。

「きみの約束は時間が決まっているのかい？」ブッカーが尋ねた。

「えーと……」

「学校は、すぐそこです」とクレイ校長が強調した。「もちろん、ちょっとした飲み物と食べ物も出ます」

オトゥールの口から、エールを飲み下す合間にしゃがれ声で注釈が洩れた。「ココアがね」と言ったように聞こえた。

「その気にさせようっていうんですね」とハイヴが言った。「その気になりました。ハロー校（ロンドンの名門パブリックスクール）で最終学期に校長から言われたことは今でも忘れません。『知識の灯を次世代に手渡すことを逡巡するんじゃないぞ、ハイヴ』と校長は言いました。『手渡せば、灯は一層明るく輝くだろうから』と」

「なるほどな」ブッカーが言った。

「ホディエー・ミヒ《今日は私に》、クラース・ティビ《明日はあなたに》」（一般的には「死が訪れる」が省略された墓碑銘として知られるラテン語）クレイ校長が厳かに言い添えた。

「お見事！　お見事！」

三人はミスター・オトゥールを無視した。

「ただし約束に遅れるわけにはいきません。遅れないことが重要なので」

「その点は大丈夫だと思います、ミスター・ハイヴ。九時半か……遅くとも十時十五分前には終わりますから。そうだよね？　ブッカー君」

「普通は、その時刻までには、どうにか終わらせています」

「結構、結構。ということで、いかがかな？　ミスター・ハイヴ」

クレイ校長は、これで決まりだというように、まだ口をつけていないシェリーに手を伸ばした。

「もちろん彼は引き受けますよ」ブッカーが言った。

ハイヴは勝手に言うなという含み笑いをしてから、仲間入りの意思表示にブランデーをぐいっと飲み干し、こうなったらまだ時間は早いし、お引き受けしたいと思うと言った。「説得されやすいたちなんです」ハイヴはふと妙に情けなくなって、付け加えた。

「ちなみに……」クレイ校長は躊躇し、シェリーをきっかり半分飲んでから、あとを続けた。「ちょっとお聞きしたいと思いまして……もちろん、ご紹介する時のためにですが……生徒たちにですね……お仕事は、そのう、実際のところ何なのか」

「何だったのか、ですね」ハイヴは訂正した。彼は部屋の向こうで動いている女性バーテンダーのぼんやりと白い上半身《デコルタージュ》をうっとりと眺めていた。

「仕事はお辞めになったんですか？」

「医者たちがうるさく言うものですから。一種の職業病で……座骨神経痛みたいなものです。気温の変動のせいですね、お分かりでしょうが」

「分かります」クレイ校長はそう言ったが、分かってはいなかった。「お仕事の都合であちこちへ《アブロード》（「アブロード［abroad］」は「海外に・屋外に」の意）出かけることが多かったということですか？」

「自分の寝室のベッドで眠ることは、めったにありませんでした」

自宅にいるのが好きなクレイ校長は、同情しているかに見えた。「対外勤務は、普通の人には分からないご苦労が多いに違いありません。舞踏会とレセプションだけではないでしょうから」

ハイヴは眉を寄せた。「レセプションは記憶にありませんが」

校長は不意に戸惑いを感じた。相手がはなはだ鈍感な人間に見えてきた。だが、外交官は生来そういうものなのだろう。しかも、当然ながら国家機密法の制約がある。単刀直入にやたら質問して、外交官であることを全面否定されてはまずい。そうなっては生徒たちに申し訳ない。

「長いあいだ、お仕事されていたのですか、そのう、えーと……」

「四半世紀ほどです」ハイヴが即座に友好的に答えたので、質問攻めに対する校長の懸念はたちどころに晴れた。「今年が二十五周年記念の年になったはずです」

「そうだったのか！」ブッカーが言った。

オトゥールの指の爪が、またグラスを鳴らし始めていた。

気を良くしたクレイ校長は質問を続けた。「それだけの長いあいだには当然、何か表彰されたことがおありでしょうな、たとえば、あなたの、えーと……」校長はまた話の最後に間を取って、ハイヴが補足するのを期待した。

「こまごまといろいろなことがありましたからね」

校長が身を乗り出した。貴重な手掛かりを聞き出すための嘘を思い出した人間の表情だった。

「覚えがあるような」と校長がおもむろに言った。「前にどこかであなたの名前を見た覚えが。確か、『タイムズ』紙だったかと……」校長はハイヴの顔をじっと見た。「王室行事日報の欄だったような……」

「王室のですか?」ハイヴが顔を輝かせて繰り返した。

「そうです」

「ああ、大いにあり得ますね」

「表彰されたとか何とか……」クレイ校長は調子に乗って嘘を並べた。

ハイヴは自分の指先に微笑みかけてから、さらにもっと温かな笑みを校長に向けた。

「あなたには想像もつかないと思います」ハイヴが言った。「ブドウ園でこつこつ働いているにすぎない人間にとって、自分のワインの評判の良さを耳にすることがどれほど嬉しいか」

「それでは、生徒たちにはこう話してよろしいかな。今回の、えー、主賓は、表彰を、そのう……」

「もちろんですよ、校長! 表彰回数は四十七回です」

第六章

パルグローヴ家の裏手にある狭い芝生の一つの中央には直径約三フィート、高さ三フィート弱の円筒形のコンクリート壁があり、その上に立っている二本の柱が急勾配の屋根を支えていた。柱のあいだにはローラーにはめ込まれたL字形のハンドルが渡されており、ローラーからは鎖が下がっている。壁は煉瓦に似せて赤く塗料が塗られていた。柱で支えられた雨傘のような小さな屋根は実際にはプラスチック製だが、壁と同じく鮮やかな赤で、遠目には瓦屋根に見えただろう。もちろん、これらは昔の田舎の井戸に似せて設置されたもので、もともとは、ミセス・パルグローヴが数年前にこれを購入した庭園家具製造業者のカタログによれば、「願いの井戸」（コインを投げ入れると願い事が叶うという井戸）だった。

井戸のまわりの芝生には、鮮やかな茶色や赤や黄色のプラスチック製の大きなからかさ形キノコが幾つか置かれていた。その一つには、ひょうきんな本物そっくりの巨大なカエルが座っている。ほかにも、これまた生きているような妙に茶目っ気のある小びとたちが加わって、一幅の絵《タブロー》ができあがっていた。

ミセス・パルグローヴは家を出て裏庭に回り、途中で足を止めて、西に傾いた陽の光が差すプラスチックの小さな村の様子を眺めた。井戸が芝生に落とす長い影を背に、小びとたちの緋色の縁なし帽が赤唐辛子のようにきらめいていた。

ロドニーが彼女のそばを駆け抜け、キノコからキノコへとにおいを嗅いだり尿を均等に分け与えたりしながら走り回った。「悪い子ね！　いやな子！」ミセス・パルグローヴが、いつもの調子で機械的に言った。ロドニーは、どこ吹く風だった。

ミセス・パルグローヴは井戸まで歩いて行った。井戸には、溢れそうなほど水が入っていた。底のほうで、オレンジ色の扁平なものがスイスイと動いている。ミセス・パルグローヴは上着のポケットから、ふたに穴が幾つも開いている小さな瓶を取り出して、水面に白いパン粉を振りまいた。パン粉が広がり、ゆっくりと沈み始めた。二匹、三匹、四匹と、金魚が口をパクパクさせながら餌に近づいた。ミセス・パルグローヴは細かく崩れながら沈んでゆくかけらを金魚たちが吸い込むのを見つめながら、餌を取る時の口をすぼめる仕草を無意識に真似ていた。

「いい子たちね！　お利口さんだこと！」

最後の陽差しは知らぬ間に芝生から消え、今は庭の端のブナの垣根を登っていた。冷え冷えとした深まりゆく暗がりの中で、小びとたちもキノコもカエルも命のないただの形に戻り、ほとんど見分けがつかなくなっていた。まがいものの井戸の朱色は、乾いた血の色になった。冷たい微かな風が、クリの木の葉をカサカサと鳴らした。

ミセス・パルグローヴは金魚たちにおやすみと言って家に戻った。ロドニーはすでに家で、ダイニングルームの椅子のつづれ織りのカバーをしきりにかじり取っていた。

「悪い子ね！　困った子！」ロドニーに破壊行為をさせたまま、彼女は居間へ行って明かりのスイッチを押した。四本の鎖で天井から下がっているニスを塗ったオーク材の枠台で、ロウソクに似たランプ一式が輝いた。枠台はミセス・パルグローヴの頭すれすれの高さだった。彼女は膝をついて、電気ヒーターを点けた。ヒーターは赤々と燃える石炭を模していた。

彼女が夕刊を探してあたりを見回すと、夕刊はフランス窓のそばのテーブルの上にあった。夫が、そこに置いていったのだ。カーレースのページを開いたまま、スペインのガリオン船の模型に立てかけてあった。船の模型は隅々まで完璧だった。結婚祝いに贈られた物で、壊れやすくて高価な物に違いないとミセス・パルグローヴは思った。慎重に新聞を取り外してソファーへ向かい、途中でマントルピースの上の置き時計に目をやった。七時二十分過ぎだった。

八時十五分前にミセス・パルグローヴは新聞をたたみ、暖炉のそばのあれこれ入っているラックの中に入れた。ラックは浮き彫りの紋章が付いた二枚の盾を背中合わせに留め具で留めてある。彼女はあちこちに（ロドニー考案の）黄色い小さな地図模様のある銀白色の分厚い絨毯の上を音もなく歩き、ライティング・キャビネットの前蓋を手前に開けた。そしてキャビネットの下に立てていたケースから携帯用タイプライターを取り出し、開けた前蓋の上に置いて椅子を引き寄せた。

彼女は灰色の便箋をタイプライターにセットした。便箋のレターヘッドには「フォア・フット・ヘイヴン」という大きな緑色の大文字の下に、二匹の犬の線画が――暖炉の両側に人間のようにくつろいで座っている、レースのヘアキャップとエプロン姿の犬と眼鏡をかけてパイプをくゆらしている犬の線画が――印刷されていた。

ミセス・パルグローヴはタイプを打ち始めた。手紙の宛先は、ミス・L・E・C・ティータイム、事務局長、フラックス・バラ及び東部諸州慈善団体連合、三十一番地、セント・アンズ街、フラックス・バラ。

拝啓……

彼女はしばらく考えてから先を続けた。ゆっくりだが慎重に正確にキーを叩いた。

私どもの団体は先の委員会で、ご存じだと思いますがつい先ごろ起きた出来事について話し合いました。つまり、暗くなってから私どもの犬小屋（「ローヴァー＝ホーム」）（「ローヴァー［rover］」は「放浪者」の意。「Rover」は飼い犬に多い名でもある）の扉がこじ開けられた件と、私どもには「気分がすぐれない」雌犬だと分かる非認可の犬が持ち込まれた件です。結局、翌日には「ローヴァー＝ホーム」は空になっており、車を持っている職員たちにチャルムズベリーのほうまで可哀想な犬たちを探しに行かせねばならなくなりました。二十匹以上がまだ行方不明で、生体実験をする人たちの手に落ちた可能性もあります。中国のお茶全部と引き替えでも（［for all the tea in China］「断じて～しない」の意）、私はどなたかのような良心をもつつもりはありません。

警察には、すでに通報しました。

いま委員会として知ってほしいのは、その「どなたか」が次に何をしようとも、私どもは**どなたの脅しにも屈しない**ということです。フォア・フット・ヘイヴンは完全に**独立した**組織であり、血も涙もない、およそ英国人らしからぬ手を使う大組織に飲み込まれるのは断固拒否します。

ミセス・パルグローヴは手を止めて、一通り読み返した。丸々一分のあいだ考えを巡らせてから、最後のパラグラフを付け加えた。

ご関心があるかと思いお知らせしますが、いわゆる「寄付」という名目でここから百マイルと離れていない地区で集められた資金の処理について、ある情報が私のもとに内密に届きました。その情報を関係当局に伝えるのは気が進みませんが、とはいえ必要が生じた場合は、躊躇なくそうするつもりです。「その帽子が合うのなら《イフ・ザ・キャップ・フィッツ》――」（「思い当たる節があるならば［批判を素直に受け入れよ］」の意）これ以上申し上げる必要がありますか？

敬具

彼女はまた目の前の便箋を見つめて考え込んだ。やがて不意に意を決してタイプライターから便箋を外し、カーボンコピーは脇に置いて角張った大きな文字で署名をした。封筒に宛名を書き、錫製の薄い箱に買い置いてある切手を貼り、手紙を折りたたんで封筒に入れて封をした。

その三分後にミセス・パルグローヴはヘストン・レーンの角の郵便ポストに向かって、ブロンプトン・ガーデンズを力強い足取りで歩いていた。

*

キャリア・シンポジウムはグラマースクールの物理学用の階段教室で開催された。その部屋は校舎の最も古い区域の一つにあった。高い天井、ずらりと並んだ幅の狭い擬ゴシック様式の窓、広い実験台から放射状に広がりながら上へ続く階段席のオーク材と鋳鉄製の机、それらのすべてがヴィクトリア朝中期における科学の普及への熱意の証しだった。

生徒たちが四十人ほど、主に後方の四列に固まって着席していた。表向きは参加が自由な行事だと知っていた彼らは、何か楽しみを見つけて楽しもうという気でいた。校長は教室に入るや、それを感じ取った。来賓たちを実験台の後ろの教壇に用意された椅子の列に案内したあとで、校長がつぶやいた。「生徒たちを見張っていてくれ、ブッカー君。茶化したりするんじゃないか心配だ」

生徒たちは放課後に頻繁に拘束されるせいで早くも老化をきたしたと思わせようと、立ち上がる際に大勢であたふたした足音を立て、数人は大げさに溜息をついた。

クレイ校長は静かになるのを待ってから、着席してよいと言った。生徒たちはまるで突撃訓練場から今戻ったかのように、ドサリと腰を下ろした。

校長はキャリア・シンポジウムの目的に関するいつもの説明を素早く済ませ、彼が「努力と成果の世界からの来賓たち」と称する人々の紹介に移った。

校長は初めに、不動産業者で不動産鑑定士のミスター・アーネスト・ハイドアウェイに向かって頷いた。

ミスター・ハイドアウェイは頭のはげた陽気そうな人物で、唇が厚ぼったく、目は競売の指し値を見守るかのように聴衆を絶えず観察しており、この種の催し物によくいるタイプの出席者だった。生徒たちは彼がおどけてみせるのを待った。彼は名前を呼ばれるや否やポケットから小槌を取り出して実験台をトントントンと三度叩き、大声で言った。「後列の紳士が落札！」やかましく拍手が沸き起こった。校長は冷ややかな笑みを浮かべ、片手を上げて制した。

「次にお迎えしましたのは、フラックス・バラ警察管区のパーブライト警部です。緊急のお仕事でお忙しいなか、今晩この席で助言をしてくださるために、ご親切にも時間を割いてくださいました」

中でも血気盛んな生徒たちは、警部がミスター・ハイドアウェイの上をいって、颯爽と警棒を取り出しはしないかと見守った。しかし、警部は微笑んだだけで、腕を組んでふんぞり返ったままだった。

「同じく法律の、ただし別の分野での輝かしい代行者が、我々の古くからの友人、ミスター・ジャスティン・スコープです」

クレイ校長は、面長で無表情な顔の男性に向かって会釈した。その男性の最も重要な仕事は、重量感のある黒縁の眼鏡をかけたり外したりすることのように見えた。事務弁護士《ソリシター》は校長の賛辞に応えて、重々しく天井を見上げて咳払いをした――喉仏が、弾むゴルフボールに見えた。

「商いの分野からは、ミスター・バーンスタプルをお招きしました」

ひ弱そうな男性が立ち上がった。薄くなり始めた髪は乱雑で、キラキラ光る青い目をしている。男性はかがんで聴衆に向かって軽くお辞儀をしたあとで両手を一、二度振り、申し訳なさそうに校長のほうを見てから腰を下ろした。

「ご承知のとおり、フラックス・バラ製材会社のミスター・ビーアン（校長はビー＝ハーンと発音した）のご臨席を賜れればと思っておりましたが、残念ながら重要なお仕事のためにおいでになれず、ミスター・バーンスタプルが代わりを快くお引き受けくださいました。ミスター・バーンスタプルは、ミスター・ビーアンの会計士でいらっしゃいます」

それらの説明は、する価値があるかどうか分からないが――校長の考えでは明らかに価値はほとんどなかった――とっとと済まされ、校長は一息ついて身体の前で両手を握り締め、部屋の左上の隅を見つめた。

「それではここで」と校長が言った。「生徒諸君にスペシャル・ゲストをご紹介したいと思います。

いつもお力添えいただいている我々の友人、労働省のミスター・オトゥールの隣に座っておられる紳士です。お名前は、ミスター・モーティマー・ハイヴ」

頓知に長けた第六学年下級（第六学年は通例二年）の生徒が数人、怒ったハチたちのような甲高い声で何やら言ったものの義務的な拍手によってほぼかき消されはしたが、完全にではなかった。ミスター・ブッカーは声のした方向をキッと見上げ、封筒の裏に鉛筆でメモを取った。

「ミスター・ハイヴは」と校長が続けた。「ロンドンから来られました」

「それがどうした！」若年雇用調整官のミスター・オトゥールが小声で言った。パーブライト警部は彼のほうをちらりと見て思った。オトゥールはますます、怠惰な波止場のホームレスといった風情だ。

「ロンドンからいらしたと言いましたが、ミスター・ハイヴのお仕事は──今は退職されていますが──非常に重要なお仕事だったと私が申し上げても、えーとそのう、国家の安全保障に背くことにはならないと思います」校長は半身になって念を押した。「そうですよね？　ミスター・ハイヴ」

ハイヴは奇怪な程にこやかな笑みを浮かべ、校長がいささか驚いたことに、勝利を収めたプロボクサーがするように頭上で両手を組んだ。

生徒たちも驚いた──ただし、大喜びで。ハイヴの仕草から、ハイドアウェイが小槌を叩いた時のような軽い息抜きが期待できた。生徒の一人はハイヴをじっくり観察してから、専門家のように自信たっぷりに友人たちに断言した。「あの人、酔っ払っている」期待がさらに高まった。

「パネリストの方々への質問を受け付ける前に、生徒諸君に一言説明しておきます──二、三人いるようなのでな、今までこういう催しに参加したことのない諸君が。こちらの方々にはお尋ねしたいことは何でも質問してよろしい。ただし」──校長は、もったいぶって一度言葉を切った──「ただし、いいですか、仕事に関連のある質問に限ります。私が望まないのは……耳にするのを望まないのは……そして間違いなくブッカー先生も耳にしたくないだろうものは、浅はかな、つまりえーと、腹立たしい類いの質問です。言っている意味は分かりますね。ブッカー先生にも分かっています。それでは、よろしい。一人目から……」

そう言って、校長は腰を下ろした。

パーブライト警部はアドバイザーとして当校を訪問するのは今回が初めてで、自分がされそうな質問を考えてみた。〈はいっ、質問です。どうすれば刑事になれますか?〉これなら、さほど問題はない。採用手順——警察の部署——昇進について概要を話せばいい。どうにかいけそうだ。〈はいっ、質問です。警察に入るには試験があるんですか?〉〈はいっ。眼鏡が必要な人でも大丈夫ですか?〉〈はいっ……〉

「はいっ、質問です。警部に今のお仕事の値打ちはどのくらいか教えていただきたいのですが。給料という意味です。それと臨時収入と」

質問をしたのは深刻な顔つきの十五歳の少年だった。パーブライトには二十四歳ぐらいに見えた。

パーブライトは言った。「そうですね……」まずこう言っておくのが最良に思えた。すると、校長の手が上がるのが目に入った。

「いや、ローリングズ君。そういう至極個人的な——もろに個人的な——種類の質問はすべきではないと思う。もしもだな、きみがもっともな理由があって警察の給与体系を知りたいのであれば、きっと我々の良き友人ミスター・オトゥールが相応のパンフレットを喜んで提供してくださると思う。ああ、それからローリングズ君……私がこの国の警察官は、えーとそのう、臨時収入は受け取らないと言っても、パーブライト警部は絶対に否定なさらないと思うよ」

生徒は、いたずらっぽく校長を見て言った。「僕は賄賂のことを言ったんじゃありません。校長がおっしゃるような意味ではなく――」

「もういい、ローリングズ君」校長は、まんまと策略に乗って誰かの名誉を毀損する羽目になったのではないかと不愉快に思いながら、また腰を下ろした。

それに続いた静寂を、か細い金属製の音が引き裂いた。音楽だ。ブッカーが身体をこわばらせて後部座席のほうを見た。不意に音が大きくなり、直後に音が止んだ。後方の生徒が数人、首を伸ばして互いのほうを見やってから、もぞもぞと列を詰めて防御態勢を敷いた。

ブッカーは席を離れ、身をかがめながら脇の通路を忍び足で上がって行った。教壇の面々は、それに気づかないふりをした。

「次に質問のある人」クレイ校長は生徒たちに呼びかけてから、真正面を向いたままで待った。

後方の列まで行ったブッカーは端から四番目の机にそっと近寄り、片手を差し出した。トランジスターラジオを膝に挟んで隠したつもりでいた小太りのおどおどした少年は、目の前の手だけが自分の意志でそこまでやって来たかのように、信じられない様子で黙ったまま、その手を見つめた。

「さあ早く」とブッカーが小声で言った。手の指が丸まり、生贄を差し出すよう催促した。

少年は、ごくりと唾を飲んだ。「でも、これは僕のじゃないんです。ワグスタッフのです。僕はただ見てただけです」

ブッカーの手は、そのままだった。微動だにしなかった。頑丈で忍耐強い手に見えた。部屋のどこかで、製材所について質問がされていた。

小太りの少年は仕方なく自分のものではないラジオを引き渡し、ブッカーは忍び足で席に戻った。

パーブライトはブッカーが笑みを浮かべているのに気がついた。

「はいっ、質問です。ミスター・スコープにお訊きしたいのですが、訪問販売《ソリシティング》（動詞 solicit は「勧誘する・訪問販売をする」の意で、「solicitor〔ソリシター〕」は「セールスマン・事務弁護士」等の意）は、いいお仕事ですか？」

質問をした少年の表情があまりに無邪気だったので、パーブライトは少年が仲間たちに丸め込まれたか強要されて質問したのだろうと思った。少年が――まるでミスター・スコープのパロディのように――目立つ眼鏡をかけている点も、代弁者に選ばれた理由の一つだったかもしれない。

スコープ弁護士は、こけにされたことにたとえ気づいていたにせよ、何の素振りも見せなかった。彼は厳粛に頷き、喉仏を一、二度上下させてから口を開いた。

「質問は、つまり、こういうことかな。事務弁護士《ソリシター》（彼は『l』の部分を朗々と発音した）という神聖な職業は、威厳に見合った見返りをもたらすか？　金銭的には残念ながら、そうはいかず……」

「おいおい！」という声が、明らかにミスター・オトゥールの方向から聞こえてきた。

「つまり、私が言いたいのは」とミスター・スコープが続けた。「弁護士の仕事は甚だしく過小評価されており、世間の人々は、ほんのわずかな手数料でそれをはるかに超える価値ある仕事をしてもらっているということです。しかしながら、そう言っただけではこういう問題の話は公正さを欠くので、申し上げておきたいのは――」

ミスター・スコープは延々と先を続け、説得力ある論拠を山ほど示した。それらを要約すれば、飽食の時代にあって弁護士だけが貧窮していた。

生徒たちは同情しなかった。スコープの請求書――特に家の購入に関する請求書――の件で耳にした両親の話から、「公認のゆすりたかり」というイメージができあがっていた。スコープは今、彼らをうんざりさせることで、印象をさらに悪くしたにすぎない。

クレイ校長も苛々していた。制限時間が刻々と迫っているというのに、今夜自分がようやく捕まえた輝かしい経歴のミスター・ハイヴは、いまだ出番がない。校長は、労働許可が下りないために主役のテノール歌手が舞台に上がれないでいる興行主《インプレサリオ》のような気分だった。

しかし、ミスター・スコープの偏見に満ちた独演会も、ついに終わりにさしかかった。彼がまたいつの間にか話を始めないうちに、口ひげの生え始めた背の高い若者があわてて競売への関心を示し、ハイドアウェイがあとを引き継いだ。ハイドアウェイはよく響く早口で業界特有の言い回しをふんだんに使いながら、幾つか商売にまつわる話をした。彼の話は、ゴスビー・ヴェイルの農場の作業員が、妻と重さ五ポンド分のインゲンマメをオートバイと交換した話で山場を迎えた。

パーブライト警部にとっては、よく知っている話だった。実際には、オートバイを手放した男性の不平として耳にしていた。「嫌なやつでね。普通は袋に入れておくよな」男性はインゲンマメについてそう話していた。

二度とハイドアウェイを呼ぶまいと肝に銘じたクレイ校長は、腕時計を見た。九時十分過ぎだった。校長は、もう誰も製材所や会計業務に関する質問をしないよう願った。あのバーンスタプルという人物は、答えらしい答えに至らないまま、何時間もとりとめなく話をしそうに見える。校長は努力して確保した貴重な来賓を盗み見た――そして、あまりの光景に、口がむっと結ばれた。

ミスター・ハイヴは、ぐっすり寝入っていた。

生徒のローリングズも、その光景に気づいていた。彼が手を上げた。

「はいっ、校長。ロンドンのかたから、ご自分の業種の――それが何であれ――雇用の先行きについて何かお話を聞きたいのですが」

「ありがとう、ローリングズ君」――〈この生徒は、全くもう！　生まれながらのトラブルメーカーだ、そういう人間がいるとするなら〉――「あのう、ミスター・ハイヴ……」

数秒のあいだ、部屋の生徒の視線は一人残らず、ハイヴの安らかな寝顔に注がれた。数人の治安判事やすべての判事と同じく、ハイヴは上品に意識から離れる要領が身に付いていた。だらりとはせず、いびきもかかなかった。目が閉じているのは確かだが、音楽に耳を澄ませているか花の香りを楽しんでいるかのように見える穏やかさが漂っていた。

「えーと、あー、ミスター・ハイヴ……」

眠っているハイヴの顔にぴったり沿った優雅な口ひげを、軽い溜息がかすめた。

校長はミスター・オトゥールの視線を捕らえようと、目立たないように人差し指と親指で突っつく動作をした。ようやく、オトゥールにそのメッセージが伝わった。彼はニッと笑い、肘でハイヴを思い切り突《つつ》いた。「おい、水兵！　甲板でお呼びだぞ！」

ハイヴの反応は、聴衆がこれ以上は望めないほど衝撃的だった。と同時に――少なくとも校長にとっては――まるで不可解だった。

ハイヴは立ち上がって、かすかに前と横に身体を曲げ、顔の前で片手をもう一方の手の上方に掲げた。そして片目を閉じて両手のあいだから覗きながら、大声で言った。「はい、奥さま、小鳥さんを見てください（写真を撮る時の合図の言葉）！　ご主人もですよ。恥ずかしがらずにどうぞ！」

生徒たちが、どっと笑った。拍手する生徒たちもいた。ハイヴは腕を下ろした。少し驚いているように見えた。

「ほら、言ったとおりだろう」酔っ払っていると診断を下した生徒が言った。隣の生徒が敬意を表して、彼にタフィーキャンディーをこっそり渡した。

クレイ校長は生徒たちの興奮が収まるのを待った。校長は知性の鋭さを発揮して、すでにハイヴの奇妙な行動の原因を理解していた。その場ですぐに断固たる威厳のある態度でシンポジウムを終わらせたほうがよいことも分かったが、校長は自尊心が強く、ある意味で大胆なところがあった。

校長は皮膚が伸びるかぎり相好を崩して作り笑いを浮かべた。「ミスター・ハイヴは、ご自分が名声を確立したのは写真の分野だと思わせようとなさったようだ。ああ、だが、我々にも分かりますよね――そうでしょう?――スナップ写真の撮影程度で当局から表彰されたりはしないことぐらい!」

それを聞いたハイヴは腹を抱えて笑ったために、バランスを崩してよろめいた。すんでのところでバーンスタプルが手を伸ばして彼の腕をつかみ、ハイヴは教壇から転げ落ちずに済んだ。

ハイヴはふと笑うのを止めて、バーンスタプルの手をまじまじと見つめた。やがて生徒たちのほうを見、それからパーブライト警部とハイドアウェイの顔を、そしてクレイ校長の顔を見た。ハイヴは眉をひそめ、オトゥールの耳元へ身をかがめた。

「あの少年たちは一体誰だね?」ハイヴが、ささやいた。

「少年たちって、どの?」

「少年たちだよ。あの大勢の……。まさか、聖歌隊じゃないよな?」

不意にオトゥールの中に何やら本能的な思いやりの情が、酒飲みのよしみのような情が湧き上がった。オトゥールが素早く小声で説明した。「ここは学校――スピーチ――いつものほら話――あんたの番だ——さあっ！」そう言ってオトゥールはハイヴの肘を抱え、彼を多少はまっすぐに立たせた。

　今すべきことを教えてもらえたありがたさから、ハイヴは、よりによってなぜ学校で目覚める事態になったのかというまだ解けない謎を念頭から追い払った。その謎は、あとで解けるだろう。おそらく例の依頼の件に関係があるに違いない。一つ確かなのは——ハイヴは自分の考えに苦笑した——探偵のような何でも屋には、いつだって新種の仕事が舞い込むものだ。

「少年諸君！……いや（いたずらっぽく人差し指を振り）……紳士諸君！　きみたちの校長が（パーブライトに向かって一礼）ご親切にも私に今日学校に来て、きみたちに賞品を贈呈してほしいと言ってくださった時、校長に私が最初に何を言ったか分かるかな？　私が言った第一声だが？　分からないか。いや、気にしなくていい。（広げた指で口ひげを上向きにこすった）。いいかね、競技では……。ああ。えーとだね。えーと。一つ、極めて……極めて重要なこと、それがこれだ。きみたちの校長がご親切にも私に学校に来るよう言ってくださった時、校長はこうおっしゃった。人生という競技では——いや、違う違う、私が言ったんだ、私が。最も重要なのは勝つことではない。今回のような賞品は、欲しがらない人たちもいる。賞品を獲得した。だが欲しいわけじゃない。賞品を何かと引き替えにするにとどまらない。きみたちの校長がご親切にも……いや、それはもう言ったな。（口ひげをまたこすった）。人生という競技で賞品を獲得した人たちが、それが不要になって……私が呼ばれた。『ハイヴ君』と彼らは言った……有名な人たちが、だよ。それはそれは、とても有名な人たちが。貴族とも肩が擦れ合う付き合いのある人たちがね。（意味ありげで、いびつな薄ら笑いを浮かべた）。肩だけでもないがね。まあ、それはいいとして。『ハイヴ君』と彼らは言った。これはもう不要だ——飽き飽きした——別のものが欲しい。後生だから処分してくれ。というわけだ、紳士諸君。彼らの感謝の印をお見せしよう。（懐中時計用のポケットに手を突っ込んだ）。ああ、美しい思い出の数々。きみたちに思い出の一つを話すとしよう。きみたちの校長からご親切にも求められたらね。それでは一つ話そう。きみたちは見たことがあるかね。出産斑で……出産斑が何かは知っているかな？……もちろん知っているね……では見たことがあるかな、出産斑で「自由の女神」と……トーチその他諸々《もろもろ》まで……全く同じ形のものを。ないかね？　さすがに、諸々まではないだろう。だが私は見たことがある。人生という競技で……いや、競技ではなく仕事、仕事で。ご親切にも尋ねてくれた諸君に話そう。見たのは、レディー・フェリシティ・フープの左の臀部《でんぶ》でだった。（目を細めて記憶をたどった）。いや、もとい。右の臀部だ。そうだ、そう……トーチその他諸々まで。美しい女性だった。もうこの世にはいないが」

ハイヴは頭を垂れた。これから二分間の黙禱を捧げるように見えた。

クレイ校長は、この機を捕らえた。急いで実験台の前に回って近くの生徒にドアを開けさせ、並んで静かに外に出るよう生徒たちに指示した。

生徒たちはのろのろと出て行きながら、恐ろしいものを見るようにハイヴの姿を盗み見た。ハイヴはと言えば、生徒たちが出て行くのには気づかずに、身体を揺らしながら、亡きレディー・フェリシティに黙禱を捧げ続けていた。

少年が一人、部屋を出ずにいた。ワグスタッフだった。彼は教壇に上がって、ブッカーのもとへ行った。

「すみません、先生。トランジスターラジオをもう返していただけますか？」

「トランジスターラジオ？　どのラジオだね？」

「そのラジオです。それは僕のです」

　パーブライト警部は、ブッカーの目の前の実験台に置かれているラジオを少年が指差すのを見ていた。

「これは」とブッカーが言った。「ホリーが所持していたラジオだ。ホリーは行儀が悪かったから罰を受けた。これは没収品だ」

「でも、それはホリーのものじゃありません。ホリーはただラジオを見てただけです。それは僕のです」

「これは没収品だ」

「でも、先生――」

「私には没収品だという以上に分かりやすい説明はできそうもないがね、ワグスタッフ君。我々は誰でも違反をしたら処分を受けねばならない。もしも自分が不当な目に遭わされていると思うなら――そして、きみがそう思う理由を私が理解できない場合は――きみは友人のホリーと話し合って、どうすればいいか決めるほかはない」

　しばらくのあいだ少年は困り果てて涙ぐみながら立っていたが、ブッカーは座ったまま、くるりと背を向け、ハイヴのほうを思案顔で見つめた。ハイヴはもう哀悼の姿勢は取っておらず、何かを探していた。ワグスタッフは最後に未練がましくラジオを眺めてから、肩を落として出て行った。

「私のカメラは、どこですか?」ハイヴが強い口調で言った。心配から、幾らか酔いが醒めていた。

　ハイドアウェイとバーンスタプルが椅子の下を見た。オトゥールは肩をすくめ、小指の爪で奥歯の一本をいじくっていた。「今度は、一体何を彼は探しているんだ?」クレイ校長が苛立たしそうにブッカーに尋ねた。

ハイヴは、あちこちのポケットを探し始めた。

「カメラが見当たらないそうです」

「カメラなんか見なかった」校長が言った。「我々があのホテルに行った時は、スーツケースのようなものを持っていたが」

「あれは、今は持っていませんね」

「それじゃあ、わしにはどうしようもないな。とにかく彼には校舎から出てもらってくれ。頼んだよ。ああ、それからブッカー君……朝礼の前に少し話したいんだが、きみが構わなければ」

校長は横を向いて、パーブライトの腕に手を置いた。

「帰られる前に軽く召し上がっていらっしゃいませんか、警部。ウィルソン夫人がいつもあれこれ入れて腕を振るってくれるものが、談話室で待っているでしょうから」

校長はハイヴ以外の来賓たちに廊下に出てもらった。ハイヴは戸口からブッカーが見守るなか、数分間、机の下を覗きながら部屋中を歩き回っていた。

「きっとバーに置いてきたんだよ」

ハイヴが足を止めた。「バー？」彼は心底、感謝しているように見えた。紛失した状況がどれほど不可解であっても、そのバーとやらが見つかりさえすれば問題はないはずだ。

「スリー・クラウンズ・ホテルのだよ」ブッカーが言った。「角を曲がってすぐの。教えるから」

校門でブッカーは、二十ヤードほど先の狭い道の入り口を示す街灯を指差した。「あそこの道にある。あの角まで行けば、すぐに分かる」

ハイヴは意を決して大股で目的地へ向かった。片脚が多少思うように動かずに直線からそれやすかったが、時々修正しては、左右に弧を描きながら進んで行った。ブッカーは、ハイヴが角の街灯にたどり着いて街灯のまわりを二周し、判断良く小道へと急いで入って行くのを見届けた。

スリー・クラウンズの女性バーテンダーはハイヴのケースが紛失したと聞いて、ひどく心配してくれた。カウンターから出てテーブルの下を一箇所残らず、下草の茎をかき分けるように客の脚のあいだを捜し回ってくれさえした。ハイヴはそのそばをうろうろしていたが、彼女の胸を眺める新たな絶好の場所にいることで、カメラを紛失した埋め合わせを得ていた。しかし、カメラは影も形もなかった。

ハイヴは仕方なくブランデーのダブルを一杯飲んでぐずぐず時を過ごしてから、また校門へ向かった。残念ながら学校への入り口はどれも鍵が掛かっていた。門を揺すって何度か大声で呼んでみた。だが無駄だった。一度は門に上ろうとしたが、渦形の細工に靴が片方挟まっただけに終わった。靴紐を緩めて足を外し、靴を渦から救い出して履き直す頃には、学校の中に戻ろうという考えは消え失せていた。カメラがあろうがなかろうが、今夜の仕事は果たさねばならない。才覚ある人間は、たとえ武器を奪われても決してうろたえない。さあ仕事だ、ハイヴ！　向かう先は……先は……ああ、そうだ……ハムボーン・ダイク……向かう先は、ハムボーン・ダイクだ！　踏切を渡って最初の角を左に、二軒目のコテージ、寝室は裏手、窓は水用の樽のそば。正念場だ。ハイヴ、お前の出番だ！

ハイヴはよろよろとその場をあとにし、ぎこちなくジグザグと早足で、スリー・クラウンズ・ホテルの丸石を敷いた前庭に戻った。

それから十分近くのあいだ、ホテルの客たちの耳に、年季の入った車のエンジンと無駄に格闘する始動モーターの、次第に遅く弱くなっていく断続音が届いていた——車は、配電器が外されていた。

第七章

「どうやら三件目のようだ。三件目に違いない」

これが、その翌朝にマレー巡査部長が――嬉々としてではないが、どこかほっとして――口にした見解だった。電話交換台の巡査から、ブロンプトン・ガーデンズで女性の遺体が発見されたという連絡が入ったのだ。死は、マレーの長年の経験によれば、三件続く。三件一組が完了するのを待つあいだ、マレーはいつも落ち着かなかった。曲の最後の完全な終止形《カデンツ》に必要な音を聞き逃すまいと、耳をそばだてるのに似ていた。

「自然死ではなさそうなんだな？」

「そう思います。通報した女性の話では、遺体が水に浸かっていたとか何とか」

「えっ、浴槽にっていうことか？」

「いいえ……」巡査が一瞬言いよどんだ。「井戸に、だそうです」

「井戸だって！　ブロンプトン・ガーデンズの？」

「そう言ったと思うんです。ハーパーとフェアクローが今、現場に向かっています。彼らから詳しい報告があると思います」

「亡くなった女性の名前は聞いているか？」

「ミセス・パルグローヴという女性です」

「そんな」マレーが言った。「まさか！」

マレーはすぐにパーブライト警部のオフィスに赴いた。

「井戸で誰の遺体が見つかったと思います？」

パーブライトは疲れた様子でファイルから顔を上げた。ファイルは、長時間かけて目を通したところで無駄になりそうな気配を漂わせ始めていた。「どこかの慈善団体の主宰者だったりしてな。そうだと、懸念が的中してしまうのだが」

一瞬マレーは口をぽかんと開け、言葉を話す不思議な影像でも見るように警部を見つめた。次の瞬間、彼は多少がっかり気味ながら、いつものふくよかで温和な表情に戻った。「ああ、もうお聞きになったんですね」

「聞いた？　聞いたって、何を？」

「井戸で発見された女性の一件ですよ。ミセス・パルグローヴの件です。『パリー』《なれなれしい》・パルグローヴの細君の。ブロンプトン・ガーデンズにいる」

「驚いたな！」

「じゃあ、警部がおっしゃったのは……」

「あれか？……いや……ちょうど今……。なあ、それは確かなのか？」パーブライトは立ち上がっていた。

「今の時点では電話で報告を受けただけですが、間違いなさそうです。署から二人、家に向かっています」

パーブライトはすぐにコートを手に取り、机の上の紙巻きタバコの箱を持った。「我々も行ったほうがいいだろう。ラブ巡査部長にも来てもらおう。食堂にいるか見てきてくれるかな？　ビル」

運転はパーブライトがした。車は市内の移動用に確保されている二台のうちの一台だ。二台とも黒塗りで威厳があり、中古だった。シートは本革で、後部ウィンドウには房飾りの付いた灰色の絹の日よけが下ろせるようになっている。どちらの車もピカピカに磨き上げられたラジエーターの上に、小さな記念碑のような温度計が付けられていた。フラックス・バラの警官のあいだでは、その二台の車は「未亡人たち《ザ・ウィドウズ》」と呼ばれていた。パーブライトが選んだのは、署長のお気に入りではないほうだった。その車のほうがヨークシャー・テリアのにおいが強烈ではない。

ラブ巡査部長はパーブライトの隣の助手席に座り、後部座席はマレー巡査部長で埋まっていた。

パーブライトがラブに言った。「今、ビルに話しておいたほうがいい。ドーソンの店できのう聞いてきた客の名前のことを。回ってきたあの手紙はビルももう見ているから」

シートの背越しにラブがビルに言った。「ドーソンの店で、あの種の便箋を買った人間がいないか訊いたんです。あの灰色の便箋です。三人の客だけ思い出してくれましたが、その一人がミセス・パルグローヴでした」

「そうなのか？」マレーはやや大きな折りたたみナイフで、パイプの火皿の残りカスを掻き出す仕草をしていた。そしてパイプを吹いて確かめてからパイプの灰を抜き、その柄を片方の目の高さに掲げた。

「それだけですか？」ラブが少し苛ついた様子で言った。パイプにかまけている相手に、せっかくの衝撃的な発表を無駄に費やしたくはなかった。

「非常に興味深い」とマレーは答えた。

ラブは正面に向き直り、しばらく黙ったまま、フロントガラス越しに前方を見つめていた。

「もしかすると、シッド」とパーブライトがラブに言った。「きみは我々にとって重要な手掛かりを得てきてくれたかもしれんな」

ラブの顔が輝いた。

車はヘストン・レーンをゆっくりと厳かに進んで行った。まるで、信号に遮られて葬列から遅れた車のような風情だった。実際に、車がようやくダンローミンの私道に入ると、向かいの家の女性が二階の寝たきりの母親に向かって大声でこう言った。「やっぱり、ミセス・パルグローヴのことは本当だったのよ。葬儀屋が今来たわ」

パーブライトは家の正面玄関の近くに車を停め、呼び鈴を鳴らした。かなり経ってから、小太りの中年女性がドアを開けた。エプロンをしていたが、帽子をかぶったままだ。新たな惨事の最初の兆しが見えたら逃げようと備えている家政婦に見えた。そして明らかに、その女性にとって三人の警官の出現は、まさにその兆しだった。

「私はこれで失礼させていただきます。もう家に戻らなければなりません」女性はエプロンを外し始めた。

「あなたは、ミセス……」

「ジョージ。ミセス・ジョージです。ここで手伝いをしています。でも、もう帰る時間を過ぎているんで」

「そうですか。お手間はとらせません、ミセス・ジョージ。ほんの二、三お尋ねしたいことがあるだけです」

　こうして三人は玄関ホールに入った。ラブはあたりを感心したように見回し、身体を揺らして絨毯の弾力を試した。それに気づいたマレーに向かって、ラブは不満そうに両眉を上げて口を突き出した。ラブは大のインテリア愛好家だった。

　女性は衣装戸棚の扉を開けて、中にエプロンを掛けた。

「今朝、あなたが警察に電話をなさったんですね？　ミセス・ジョージ」

　女性が頷いた。

「それでは、あなたが今朝ここに着いてからのことを詳しく話していただけますか。ここには家事を手伝いにいらしたんですよね？」

「そうです。毎日来て手伝っています。今朝は少しバスが遅れたんですが、それでもここに着いた時には、まだ九時にはなっていなかったと思います。いつものようにキッチンのドアはあいていると思って、そっちに回りました――」

「あいている？」

「えーと、開《ひら》いているんではなく、つまり鍵が掛かっていないと思って。とにかく入れなかったんで何度かノックしてしばらく待っていたんですけど、誰も出てこないんで、正面玄関に行って呼び鈴を鳴らしました。それでも何の応答もありませんでした。物音も聞こえなかったんで、変だなと思いました。きのう、ミセス・パルグローヴから出かける話は聞いていなかったんで。出かけるなら当然、話してくれたはずです。でも念のために少し待っていてあげたほうがいいと思って、家の周りをちょっと歩いて花を見たりし始めたんです。その時だったんです、私が……私が……」

ミセス・ジョージは本能的に、エプロンをしていたあたりを手で探った。すでに赤くなっていた目から、涙がまた新たに溢れていた。彼女は手の甲で目をこすってから、その甲を口に押し当てた。パーブライトは彼女の肩に腕を回し、階段の下近くの椅子まで彼女を連れて行った。ラブとマレーはパーブライトの合図で、庭の警官たちのもとへ向かった。

「それで？　ミセス・ジョージ？」

ミセス・ジョージは、泣き腫らして悲しみに暮れた顔を上げた。「それで……えーと……つまり、そこに彼女がいたんです。あの井戸のようなものの囲いに覆い被さるようにして。身体半分は外で、もう半分は中に、水に浸《つ》かって。ああ、両腕も肩も頭も……水に浸かって。そして金魚たちが……髪のあたりを泳ぎ回っていたんです。髪のあいだを出たり入ったりしながら……」

ミセス・ジョージはスカートを見下ろした。指の関節がスカートに食い込んだ。彼女の身体が前後にかすかに揺れた。

「彼女を水から引き上げたんですか？」

ミセス・ジョージは首を横に振った。「できそうにありませんでした。とても大柄なかたですからね」

「電話をおかけになったのは、とても賢明でしたよ」

「水から出そうと、してはみたんです。手は尽くしてみました。でも、どうにもなりませんでした。人間は見た目より、ずっと重いですよね。特に、だらりとした体勢の時は。とにかく、どうにもできませんでした。それで、通りの角の電話まで走って行ったんです。それが一番いいと思って。つまり……」

「もちろん、それが一番良かったですよ。ところで最終的には、どうやって家の中に入ったんですか?」

「入った?」

「我々のためにドアを開けてくださいましたよね」

「ああ、はい。いらした警官のかたの一人が、窓が一つ開いているのに気づいて、そこから入ったんです。構わないだろうとおっしゃって」

「ミスター・パルグローヴはお留守なんですね?」

「分かりません。と言うか、今は家にいらっしゃいません。いつもは私がこちらに着いてから一時間かそれ以上経ってからでないと、会社にはお出かけになりません。前の警官のかたたちからも訊かれたんで同じように答えましたから、会社にご連絡されるでしょう。もちろん、あなたがご連絡なさってもいいんですけど」

「ええ、連絡してみます。それでは、ミセス・ジョージ。もうお帰りいただいて結構です。大変お引き止めいたしました」

パーブライトは立ち上がる彼女に手を貸し、ドアを開けた。彼女はずんぐりむっくりした身体で足早に彼の脇を通りながら、かすかにぎこちなく彼に微笑み、芝生の上の布で覆われた遺体の周りにいる遠くの警官たちのほうへ、一瞬、恐ろしそうに目をやった。

「死後、数時間は経っています」ラブは、やって来たパーブライトにそう報告してから、毛布を外した。毛布はハーパーが家の中から持ってきたものだった。

パーブライトは、目が二つの黒っぽい点でしかない、その無表情な大きな顔を見下ろした。濡れた髪は額と頬の上に数本ほつれているほかは縁なし帽のように頭にぴったり張り付いており、女性の髪にしては薄く、ボリュームがなさ過ぎるように見えた。頬と顎のたるみで拍車のかかった、女性らしさのそうした崩壊は、彼女が最後に塗った口紅とアイシャドウによって――今では水に浸かって白くなった肌のせいで、その派手さが際立っていた――さらに一層衝撃的になっていた。

「医者が来るのに、どのくらいかかるのかな？」

ハーパーが腕時計を見た。「もうそろそろだと思います、警部。総合病院のドクター・ファーガソンが来ます。レイノルズには連絡がつかなかったので」

「ご主人には連絡を取ってみたか？」

制服警官のフェアクローが咳払いをし、ハーパーのほうをちらりと見てから答えた。

「運が悪くてですね、警部。我々が来た時は家には清掃人しかいなくて、彼女は、ここの主人が家を留守にしていると思っているようでした。それで私が会社に電話をしたんですが――」

「会社は、キャン＝フラックスだよな？」

「そうです。すぐに電話したんですが、ご主人はおらず、いつも出社は十時以降だとのことでした。少ししてからまた電話をすると彼の秘書はすでに来ていて、彼は昨夜レスターに行く手はずになっていたそうなんです」

「いつ戻ってくる予定なんだ？」

「今日の午前中だと思うと言っていました」

「そうか。これで少なくとも、彼がここにいない理由は分かったわけだ。なあ、ハーパー君、パルグローヴ氏が会社に直行するかもしれないから、キャン＝フラックスに行って、向こうで待っていたほうがいい。彼が来たら優しく状況を伝えて、家にお帰りいただきたいと言ってくれ」

ラブ巡査部長は、井戸をゆっくり一回りしながら点検していた。L字形のハンドルを回そうとしたがハンドルは固定されており、バケツや鎖やその他すべてと同様に見せかけだけの作り物だった。

「全くのまがい物だ」とラブが言った。フェアクローが非難がましくラブを見た。

「本物だなんて思っていなかったよな？　シッド」パーブライトはそう言って井戸の縁に用心深く腰を載せ、水の中を覗き込んだ。驚いた金魚たちが突然、四方八方や底へと素早く動き回った。

「どうしてこんなことになったんだと思うかい？」パーブライトが尋ねた。

「前に乗り出し過ぎたんでしょう」ラブは、まだ幻滅から立ち直っていなかった。

マレーは黙々とパイプに刻みタバコを詰めていたが、すでに窮屈な上着の胸ポケットにさらにタバコ入れを押し込むと、中腰で井戸の囲いに寄りかかり、試しに首をツルのように前に伸ばした。

「この体勢は彼女には一苦労でしょうね」マレーが言った。「硬い縁が腹に当たりますから」

「ビル、その状態で両手が滑ったら、頭や、ひょっとしたら両肩も水に浸かるかな？」

「ええ、瞬間的には浸かるかもしれません。でも、すぐにまた起き上がれます。えーとですね……囲いのこちら側の両脚に重心があるかぎり、それで支えられていますから。いつでも頭を起こして体勢を元に戻せます……こうやって」マレーは力を込め、息を切らしながら、やっとの思いで身体を起こした。

マレーの実演は、重くて厄介そうではあったが、理にかなっているように見えた。パーブライトは納得して頷いた。「では、どうして」と、少ししてパーブライトが言った。「ミセス・パルグローヴは体勢を元に戻さなかったんだろうか？」そしてフェアクローに確認した。「水に浸かっていたのは、身体の上部だけだったんだよな?」

「そうです、警部。夫人は井戸の縁に山型になっていました。縁の両側にそれぞれ上半身と下半身という具合に」フェアクローはそう言って一歩前に出た。「私がやってお見せしましょうか」

「いや、その必要はない。きみの言う意味はよく分かったから」これ以上の実演は過剰だと思ったパーブライトは軽口を言いそうになったが——マレーはそんな彼の気持ちを察していた——フェアクローの気分を害する危険は冒さないことにした。

マレーがパイプにマッチの火を点けて言った。「考えられる理由が一つだけあります——」

「心臓発作ですね」ラブが口を挟んだ。ポイントを稼ぎたかった。

マレーは肩をすくめ、煙を吐いて言った。「よくあることです。しかも、夫人は太り過ぎのようですし。お気の毒に」

パーブライトは、マレーの立派な胴回りをあまりあからさまには見ないように心がけた。しかし、ラブはそれほど気配りが細やかではなく、わざと驚いた様子でマレーの腹をじっと見つめた。

「おい、きみ。心配してくれなくていいよ」マレーが言った。「私は真夜中に、金魚に餌をやりに出たりはしないから」

パーブライトが眉を寄せた。「真夜中?」

「ええ、とにかく暗かったに違いありません。ハーパーたちが、水の底にこれがあるのを見て、取り出したんです」マレーはそう言って、毛布の隅を上げて懐中電灯を見せた。パーブライトが懐中電灯を手に取ると、水が滴《したた》った。

「水の底には何かほかになかったのか?」

「見えたのは、その懐中電灯だけでした」フェアクローが答えた。「でも、いわゆる正式な捜索はしていません」

「それは無理もない」パーブライトは道路のほうを振り向いた。木の葉越しに、点滅する青いライトが目に入ったのだ。「救急車が来たぞ」

ストレッチャーでつながれた格好で芝生を無表情に行進する制服姿の救急隊員二人に同行しているのは、はげた頭が褐色に日焼けした小柄で機敏そうな男性だった。彼は舌打ちをしながらパーブライトのそばへ来て、わしの出番なのかねと言った。その様子にパーブライトは、ヒューズを飛ばした電気のド素人に呼ばれて苛々している電気工が思い浮かんだ。

ドクター・ファーガソンは鞄を下に置いて膝をつき、毛布をめくった。また数回舌打ちをし、遺体を素早く調べた。「おやおや、これはこれは!」そして、肩越しにパーブライトに言った。「一体全体、この女性は何をしていたのかね?」

「私にも実のところ、分からないんです」

「分からんのか。そうか。やれやれやれ……。だとすれば、今は、こんなところだな」彼は立ち上がってズボンを払い、救急隊員たちに合図した。

「検死は、どなたがするんでしょうか?」マレーが尋ねた。

「ああ、レイノルズだろう、おそらく。彼が手一杯じゃなければな。手一杯の場合は……」ファーガソンは肩をすくめ、鞄を取り上げた。「じゃあ諸君、わしはこれで」そう言って、彼はその場を離れた。

「大丈夫です」マレーはパーブライトに説明した。「ファーギーは救急車から遺体が降ろされたら、すぐに検死をしますよ。あの小道に入る頃には、彼は浴槽に浸かっている子どもみたいになってますから」マレーは浮き上がった帽子を叩いて頭にしっかり固定させ、撤退するストレッチャーの一行に付いて行った。

パーブライトはフェアクローにとりあえずは現場に残るよう指示してから、ラブとまた家に向かった。

ふたりが正面玄関に着こうかという時、植込みから毛がもじゃもじゃした小さな何かが飛び出してきて、数秒間キャンキャンとヒステリックに吠え立ててから、ラブの脚に食らいついた。ロドニーだった。

ラブは跳びはね、脚をばたつかせ、罵った——それらを同時に、しかも、ラブにこれほどの活力があったとはパーブライトが思いも寄らなかった勢いで。それでもロドニーは食らいついて離れなかった。パーブライトは助けに入った。しっかり閉じた顎の後ろの首根っこをつかんで犬を引き離し、腕を伸ばして犬を持ち上げた。

「この犬、一体どうすればいいんだ?」

ラブはふくらはぎのマッサージに忙しくて提案をするどころではなかった。パーブライトはお手上げ状態で、あたりを見回した。まるで、小型のゴルゴン（ギリシア神話に登場する怪物の三姉妹のそれぞれ［特にメドゥサ］を指す）の頭を確実に始末する手立てを思案しているペルセウス（ギリシア神話の英雄。ゼウスとダナエの息子。メドゥサを首をはねて退治した）のようだった。パーブライトは目を上げた。すぐ上の寝室の開き窓が開いていた。唯一の希望の光に見えた。彼は本番の前に腕を二度振り回してから、すぐに再び振り回し、両目を閉じると同時に手を離した。ロドニーが高く飛んでゆくにつれて甲高い吠え声は小さくなって《ディミヌエンド》ゆき、その後も興奮状態の吠え声は続いていたが、幸いにも、こもった声が聞こえるだけだった。

パーブライトの悪魔払いを見ていなかったラブは身を起こすと、いぶかしげに警部を見た。

「犬は、どこへ行っちゃったんですか？」

パーブライトは謙虚な陸上競技選手の表情になった。「うまく軌道に乗ったようだ」彼は正面玄関のドアを押し開けて家に入った。

第八章

「そちら、〈ドーヴァー〉ですか?」ミスター・ハイヴが言った。すぐには返事がなかった。電話の向こうで、受話器が何か硬い物の上に置かれる時の大きな音がした。次いで、いろいろな音が聞こえてきた。ドアの閉まる音もした。

「〈ヘイスティングズ〉……だったかね?」

「ええ、合っています」ハイヴが答えた。

「なあ、昼食どきには電話をしないようにと言ったはずだ。困るんだよ」

「はい、申し訳ありません。でも、ちょっと惨憺たる事態なので、できるだけ早くお知りになりたいかと思って」

「どういう意味だね?」

「実はですね……昨晩……言うまでもないですが。つまりその、いわゆる『災難』どころではなくて。カメラは盗まれるし、車は細工されるし、これでもかと言うぐらい——」

「カメラ? 車?」

「いえいえ、それだけじゃないんですよ。車に何をされたのか未だに分からないんですが、とにかくどうやってもエンジンが掛からなかったんです。仕方なく車を諦めて、徒歩であのひどく辺鄙なコテージに向かいました」

「何だって！」

「歩いて行ったんです。十マイルほどあって、一苦労でした」

「実際には四マイルだがな。それにしても大変だ。その必要はなかったのに。歩かなくてもよかったものを」

「私はいつだって」とハイヴは重々しく言った。「困難な状況になったからと言って仕事を放り出したりはしません」

「分かった。それで、どうなった？」

「報告は、これからです」鉛筆でメモを記した、しわの寄った紙をハイヴは手元に広げながら、咳払いをした。また話しだした時、ハイヴのいつもは心地良い抑揚のある口調が、一本調子で機械的になっていた。幾らか緊張しているように聞こえた。

「二一三〇時頃に私は、対象者が〈フォークストン〉と会う約束をしたと思われるハムボーン・ダイクに徒歩で向かいました。二二三〇時頃に到着し、偵察を開始しました。〈フォークストン〉のものだと分かる車が、コテージの脇の目立たない場所に停まっていました。あたりを調べたところ、ほかに車は見えませんでした――」

「なあ、きみ。話を短めにできないものかね？」

ハイヴは気にさわったようだった。彼はメモ書きの今話し終えた箇所に指を置いたまま、こういう件に関しては証言の正確を期すという点でいくら慎重になったとしても、なり過ぎることはない旨を説明した。彼はさらに丁寧に、こう付け加えそうになった――私立探偵の報告はどういうふうになされるべきか承知している人なら、経験豊富で良心的な私立探偵というものは間違いなく――。

「分かった分かった。分かったから話を進めてくれ。すまなかった」

「よろしいですか」ハイヴは紙をまた見下ろした。「……ほかに車は見えなかった、と……ああ、はい」ハイヴは背筋を伸ばした。「家の様子から、中に人がいるのが分かりました。家の正面の部屋と裏手の部屋に明かりが点いていたんです。二部屋ともカーテンが閉まっていました。そのために偵察は困難でしたが、どちらの部屋の場合も、今お話ししたカーテンの隙間から内部を見ることに成功しました。

こうして私は、裏手の部屋は寝室だと確認し、その時点では室内に誰もいないことが判明しました。しかし、正面の部屋には〈フォークストン〉の姿が見えました。彼は一人で酒を飲んでいるようでした。対象者である〈カレー〉の姿は、影も形もありませんでした。私は三時まで〈フォークストン〉の監視を続けました。彼は二度、少しのあいだ部屋を離れました。対象者は現われませんでした。三時に私は、〈フォークストン〉が眠っているのをこの目で見ました。それで、私も一休みしました――」

「どこでだね?」

しばし間があいた。ハイヴは考えていた。停めてある対象者の愛人の車の中で熟睡するのは、便宜上の得策のうちに入るだろうか。

「どこでだねと訊いているんだが」

「木に、もたれていました。この仕事をしていると、ちょっとした仮眠なら立ったままで取れるようになるんです。もちろん、適正な時刻に目が覚めるように、『私の脳内目覚まし時計』とでも言うものをセットしておきました」

「それで、何時に目が覚めたのかね」

「六時半でした。報告を最後まで済ませてよろしいですか?」済ませなければ自分の体面にかかわる気がした。先を続けてくれと相手が言うのを待った。数秒が経過した。ハイヴは頑固に黙っていた。

「いや」という答えが、ようやく聞こえた。「実のところ、報告してもらっても意味はないんだ。ありていに言えば、状況がすっかり変わってね」

「意味が分かりかねますが」

「そうだよな、すまない。実は……和解が成立したんだ」

「それは、とても残念です」

「きみが残念に思う必要はないよ。結婚生活の存続は喜ばしいことだからね、間違いなく」

「私の働きにご不満でなければいいのですが。ずいぶん苦労したので……言わせていただけるなら」

「不満など全くない。申し分のない働きだった」

「そう言っていただいて大変ありがとうございます。ただ、是非ご理解願いたいのですが、こういった仕事では、たった一度の不首尾を過度に悲観的に捉えてはいけません。〈フォークストン〉は必ずしも『折れた葦《あし》』（聖書に見られる、「あてにならない人」の比喩）ではありません。あえて忠告させていただくならば、もう少し根気強く――」

「いや、忠告はいい。この件に関して、これ以上は何もしないでほしい」

ハイヴは溜息をついた。「どうぞお好きなように」ハイヴは足でそっと電話ボックスのドアを二、三インチ開け、中にこもった暑苦しい空気を入れ替えた。

「すぐにロンドンに戻っても構わないよ。いや、そうしたほうがいいだろう。戻る前に請求書を用意できるかね？」

ハイヴは、何とか用意できると思うと答えた。

「そうか。それでは請求書を私宛の封書に入れて、きみに話した、駅の近くのその小さな店に預けてほしい。間違っても投函しないように。ああ、ところで……」

「何でしょうか？」

「全くたいした件じゃないんだが、我らが友人の〈フォークストン〉の本名が、ひょっとして分かったかなと、ちょっと思ったものでね」

「ああ、それなら……」書類と手紙が一、二通と宛名の書かれた小包が一つ、ハムボーン・ダイクの車の座席の上にあるのが、朝の薄明かりの中で何気なくハイヴの目に入っていた……その車の中で彼は一眠りしていた……言わないほうがいい。「それなら、誰かが彼を呼ぶところを耳にしなかったので」

「構わないよ。全然構わない。もうどうでもいいことだ。きみの車は修理に出しているのかね？」

「ガソリンスタンドで、やってもらっています」

「それは結構。修理代を請求書に載せるのを忘れないように。それじゃあ、いろいろとどうもありがとう」

ハイヴは考え込みながら受話器を置いた。これで終わりか。変わったやつだ。ハイヴは電話ボックスを出て青空を見上げた。穏やかな白い雲が点々と浮かんでいる。何もせずにぼんやり過ごすには、もってこいの一日だ。あるいは……そうだ……旧友を訪ねてびっくりさせるのもいい。ハイヴの顔に笑みが浮かんだが、やがて何かを思い出し、笑みが消えた。カメラだ。ハイヴは振り向いて電話ボックスに戻った。

「ああ、ミスター・ハイヴ……またご連絡をいただけるとは嬉しいかぎりです」クレイ校長は内心ほっとしていた。ハイヴは電話の向こうにいるだけで、物理的に校内にいるわけではない。「当校で、あなたのだと思われる物が見つかりました」

「盗まれた私のカメラですね！　それはとても喜ばしい知らせです！」ハイヴは、ことがことだけに、多少は陽気になる権利があるだろうと思った。

「盗まれた、のかどうかは分かりませんが」校長は、こわばった口調で言った。「おそらくカメラでしょう。大きな四角い革製のケースです。確か昨晩、手にそれらしき物を持っておられましたよね――」

「これからすぐに伺います」

「いえいえ」校長は、あわてて言った。「とんでもない。今ちょうど昼休みで、満腹で暇な生徒たちがぶらついています。生徒にとっても用事があったほうがいいですから。どちらに伺えばよろしいですか？」

「二、三分後にはスリー・クラウンズ・ホテルにいますが」

「そう…です…か……できましたら、待ち合わせはホテルの外では……？」

「仰せのままに」

「それから、あのう、生徒が道草を食わないようにお願いできれば……」

「もちろんです」

ハイヴがスリー・クラウンズに行くと、眼鏡をかけた学生帽のしわくちゃな小柄の少年が、バーの入り口の外に立っていた。カメラケースが少年の足許に置かれていた。ハイヴはベストのポケットから一ペニー銅貨を一枚取り出し、ギニー金貨を授与するように少年に手渡した。

「じゃあ、とっとと行くんだ、小僧っ子よ！　ラテン語の授業の前に売店で菓子をつまむ時間ぐらいはあるだろう！」

少年は、空想科学小説から突如現われた登場人物を見るように目を見張った。

ハイヴはケースを取り上げて言った。「ところで、これはどこで見つかったのかね？　知っているかい？」

少年はまだ相手を見つめていたが、やがて、ハイヴの言葉が理解できる英語に切り替わったことに気づいた。少年はごくりと唾を飲み込んでから「どこかの戸棚です」と不機嫌にぼそっとつぶやいて、帰って行った。

その後の一時間ほど、ハイヴは機嫌良く請求書を作成していた。ブランデーと女性バーテンダーからの今では明らかな好意のおかげで、気をよくしていた。女性バーテンダーは彼を昔からの友人のように迎え、自分のことはヘレンと呼んでかまわない、自分も彼をモートと呼ぶと言った。彼女は本当に素晴らしい女性だった。そのためにハイヴは、モーティマーと呼んでほしいとは言い出せなかった（「モート」は「ウォート」《いぼ》のように聞こえて、まるで嬉しくなかったが）。

「一体、何を書いているの、モート。教えなさいな」

彼女は片手で頬杖をついて、カウンターから身を乗り出していた。ハイヴがせっせと書いている様子を明らかに面白がっていた。ハイヴのテーブルは三フィートしか離れていなかった。ほかに客がいなかったので、ハイヴは、ちゃっかりとテーブルをずらしていた。

「報酬と経費の請求書を作成しているんだ」

「嘘ばっかり！　ラブレターを書いているんでしょ！」彼女は少し首をひねって、書いてある言葉を判読するふりをした。

ハイヴは下を向いたまま微笑んだ。「きみが今晩一時間かそこら暇だといいんだが、どうかな？ヘレン」

「答えてあげてもいいけど……ただし、あなたが本当は何を書いているのか教えてくれたらね」

「言ったとおりだよ。請求書を作成しているんだ」

「本当に？」彼女は頬杖をついたまま、その手の小指の先をそっと鼻の中に入れた。「それじゃあ、あなたはセールスマンか何か？」

ハイヴは顔を上げた。「私立探偵なんだ」

彼女の態度から、冗談まじりの様子が消えた。大きく見開いたその目には、彼女、ヘレン・バニオンは簡単に騙されるほどお人好しではないという不信感がありありと見て取れた。

「きみをからかってなんかいないよ」ハイヴは言葉を継いだ。その真面目な表情に、彼女は思わず心を動かされた。「実は、ある依頼を受けてフラックス・バラに来たんだ。調査は完了した。依頼人も満足している」ハイヴは両手を広げた。「だから、こうして請求書を書いている」

「それで今晩、あいているというわけね」

「そのとおり。何時なら大丈夫かな？」

「あのう、だめなの、今晩は」彼女は鼻から抜いていた小指の先を考え深げに眺めてから、その指先を軽く嚙んだ。「でも、あしたは休みだから。あなたがまだこっちにいればの話だけれど」

「何があっても」と、ハイヴは優しく、きっぱりと言った。「ほかのどこにも行ったりしないよ！」

ハイヴは閉店時間まで心穏やかに酒を飲んで請求書を書いていた。ようやく仕上がった請求書は、小さな文字でぎっしり書かれた、四ページにも及ぶものだった。これで上手くゆくに違いない、とハイヴは思った。随行費用や準備費用がずらりと列記され、そこかしこに承認された基準に則ってと書かれていた。出費項目は山ほどあり、どの請求額もギニーの倍数単位で示されていた。ジャスティン・スコープ弁護士といえども、これより見事な請求書は、とても作成できなかっただろう。

*

パーブライト警部が見たところ、ダンローミンの居間の入り口に立っている男性は、彼ほど背は高くなかった。縮れ毛の髪はまだ黒くつややかだが、かなり後退している。紅潮した顔は肉付きがよく、目はすばしこく動いていた。着ている服は高価そうなスーツだ。色は灰色がかった黒で、楽そうではあったが身体にぴったりと沿っていた。生地は、しなやかな耐久性とでも言おうか、柔らかでありながら丈夫そうに見えた。前を開けた上着の下には白いシャツ――それも度を越して白いシャツと、細くて趣味の良いネクタイ――それも度を越して趣味の良いネクタイを身につけていた。意識的な直立姿勢と時おり両肩をそらす癖は、ズボンのベルトの上にせり出してシャツの胸元を膨らませている脂肪の蓄積を、完全には隠すことができずにいた。

「ミスター・パルグローヴ……」パーブライトは座っていた椅子から立ち上がってドアに向かったが、

脇へ寄りながら近づいた。本人の居間なのに迎え入れるように見えてはおかしいだろう。パルグローヴはまず警部に、次にラブに会釈をしてから、おもむろに部屋に入ってきた。

「悲しいご帰宅になって残念です」

パルグローヴはもう一度会釈した。表情が虚《うつ》ろだった。あたりの床を、そして椅子を見回してから、その中の一つに前かがみに腰を下ろし、両手を膝に置いた。その前に、ズボンをぐいと引き上げて折り目が崩れるのを防ぐことは忘れなかった。

パーブライトも、座っていた椅子にまた腰を下ろした。相手を、威圧的な角度から質問されている気分にさせてはいけない。

「警官から事情はお聞きになったと思いますが？」

「要点は聞いたが、詳しい話はまだ」

その声はパーブライトにとって、ちょっとした驚きだった。てきぱきした調子ではないまでも、そのかすかなロンドン風の素っ気なさは、疲れ果てた虚ろな表情とは意外なほど対照的だった。パーブライトは思い出した。心理的ストレスが及ぼす影響は、まるで予測がつかないものだ。取締役会的な口調はおそらく、取り乱さない決意の一環に違いない。

「事故が起きた時の状況は、まだ何も分かっていないんです、ミスター・パルグローヴ。奥さまがどうして水に浸かってしまったのかもさることながら、なぜ水の中から起き上がれなかったのかも」

「ヘニーときたら、あんな金魚なんかに夢中だった」

またしても、歯切れの良い断続音《スタッカート》による事務的な発表だった。

「奥さまは、健康状態はごく普通でしたか？」

「私の知るかぎりでは悪いところは何も。これと言って何も」

「心臓病の可能性を考えていたのですが。つまり、意識を失うことがありうる病気とかを」

パルグローヴは、ゆっくりと首を横に振った。「家内は気を失ったのかもしれないと思っているのかね?」

「そうとしか考えられないのです。主治医は誰でしたか?」

パルグローヴは一瞬考えた。「以前はヒリアードだったが、しばらく前の話だから」

「ドクター・ヒリアードなら、ここ数年は診療をしていません」パーブライトが言った。視界の隅に、にやっと笑うラブが見えた。実際には、その不運な開業医が有罪判決を受けて収監されてから、ちょうど十年が経っていた。

「だとすると、申し訳ないが分からんな」

「どうぞお気になさらず。ところで、こちらの金魚ですが、奥さまはいつも夜に餌をやりに行っていたのですか?」

「餌やりの件は分からない。暇を見てはちょくちょく行って眺めていたし、訪問客には誰にでも自慢していた」

「ひょっとして、昨晩、来客の予定があったかどうか、ご存じないですか?」

「分からんな。だが予定があっても不思議じゃない。何しろ、いろんな委員会やら何やらのメンバーだったので。そういう人たちは始終、互いの家を出入りしているからな」

パルグローヴは、あたりを落ち着きなく見回し始めていた。彼が立ち上がって言った。「えーと、飲み物でもどうかな? ウィスキーで構わないか?」

ラブは、ジンジャーワイン（ショウガ、レモン、干しブドウ、砂糖などを混ぜて発酵させたロンドン発祥のワイン）以外の酒はどれもひどい味だと思っていたので辞退した。パーブライトは、頂戴しますと答えた。

パーブライトは、パルグローヴがカクテル・キャビネットの扉を手前に下ろすのを見ていた。キャビネットの中の明かりが灯ってグラスやボトルがキラキラと輝き、奥の鏡に施された鳥の彫刻の輪郭が白く浮き上がった。それと同時に、自動的に鈴の音がメロディーを奏で始めた。

パルグローヴがウィスキーのボトルを開けながらラブのほうをちらりと見ると、ラブは目を丸くして称賛の眼差しをキャビネットに送っていた。「百八十ポンドのキャビネットで、たいしたものじゃない」パルグローヴが言った。

パルグローヴはウィスキーをグラスに注いで一つをパーブライトに手渡してから、自分のグラスを持って暖炉まで行き、そのそばに立っていた。彼はウィスキーを数口飲むと、唇を念入りに――そして味わうように、とパーブライトは思った――なめてから、炉棚に飾られた高さが二フィートはありそうな一対の磁器製コウノトリの片方のそばに、グラスを置いた。そして言った。「葬儀だが……葬儀をどうするか考えていて。知ってのとおり――」

「準備は進められて結構です。マレー巡査部長から検死審問の件で連絡がいくと思います。何かあれば、何なりと彼にご相談ください」

「検死審問……それは必要なのか？」

「必要になると思います。もちろん、奥さまの主治医が定期的に奥さまを診察していて、検死の所見の裏付けがとれると判明すれば別です。その場合は主治医から死亡診断書が交付されます。間違いありません」

パルグローヴは黙っていた。そのあいだにパーブライトは頭の中で、次にする質問についてあれこれ考えた。

「こういう事態が起きた時には検死官は常に、ある可能性を検証する必要があります。それが何かはお気づきでしょうが……もちろん、ごくわずかな可能性には違いありませんが、いちおう、はっきりさせないと」

数秒が経ってから、パルグローヴの信じられないという視線が宙をさまよった。笑い出すかに見えた。「やれやれ！　あのヘニーを誰が殺したがるものか」

パーブライトは眉をひそめた。「殺人の可能性を言ったのではありませんが」

「申し訳ない。勘違いをした」

「奥さまは、たまたまではなく今回のようなことをする可能性があったかどうか、ということです。ご主人は奥さまの性格や精神状態や、何か心配ごとがあったかなど、ご存じでしょうが、たとえば突飛な行動をすることとかは」

「どうだったかな。ちょっと考えてみないと」

「ええ、お願いします」

パーブライトは背を二、三インチそらせて、自分のタンブラーを何気なく眺めた。やがてタンブラーをそっと一方へ傾けてから次に反対方向へ傾け、ウィスキーの滑らかな液体がゆっくりとグラスを伝って細く流れ落ちるのを見ていた。

「おかしな話だがね」とパルグローヴがようやく言った。「きみの言うことに深い意味があったとしても不思議じゃない」

「あのう、別にあなたに――」

パルグローヴが片手を上げて遮った。「ああ、きみにそのつもりがなかったのは分かっている。だが、事実は事実だ。物事に対するヘニーの考え方は至って普通だったなどと言い繕うことはできない。彼女は、ものすごく熱心だった。時には、動物のほうが人間よりも大切なように見えた。それは彼女の優しさだったのは間違いないと思う。つまり、その件で彼女を悪く言うつもりはない、今となっては。ただ、そういうことにとても感情的にはなっていた。私が彼女の危うさに気づくべきだったのだろう……何と言うか……限度を超えそうな危うさというものに」

「奥さまは、よく手紙を書くかたでしたか?」

「ああ、そのものずばり。まさにそのとおりだ。しょっちゅう手紙を書いていた。なにしろ、たくさんの委員会に所属していたのでね」

「確かにそうですね。だが私は、改まった手紙のやり取りについてはあまり考えていませんでした。今までに奥さまが……何と言うか……気が立ったような手紙を書いたことはありましたか?」

「正直なところ、そういうことに私はあまり関心がなかった。だが書いた可能性はあっただろうな、確かに。家内は激しやすい女性だったから」パルグローヴは一瞬言葉を切って、パーブライトの様子を窺った。「それが、何か今回の――」

「ちょっと伺っただけです。奥さまが大体どういうお人柄だったかを知っておこうと思いまして」

パルグローヴは自分のグラスに目をやった。空《から》になっていた。両肩をほぐすように動かしてから言った。「もう一杯どうかね? 警部」

「いえ、結構です。そろそろ署に戻らないと」

パルグローヴは自分のグラスに二杯目のウィスキーを注ぎにキャビネットへ行き、肩越しに言った。

「検死審問の件だが……」

「はい、何でしょうか？」

「私の弁護士にも関わってもらったほうがいいと思うのだが」

「それは、そちらがお決めになることです、ミスター・パルグローヴ。お望みなら、弁護士は同行してくれるはずです」

「考えてみる」パルグローヴはグラスをぐいと傾けてウィスキーを飲み干し、舌なめずりをした。グラスをキャビネットの台に置き、一瞬たたずんでからグラスをまた取り上げ、それを手にドアへ向かった。戸口には警官が二人、すでに警部たちを待っていた。パルグローヴは二人に向かって苦笑いを浮かべ、グラスを見せて言った。「これからは自分で皿洗いをしなくては」

署へとゆっくり走る「未亡人《ザ・ウィドウ》」の中で、ラブはパーブライトに尋ねた。「それで、警部はパリーという人間をどう思われますか？」

「どう思えばいいと、きみは思うかね？」

「やっこさんはちょっと変わってると、私は思います」

「そうかもしれんな」

「噂によると、かっこいい車をよくジュビリー・パークのほうから音高く走らせてるらしいですよ」

「きみのそういうところに、いつも感心するんだよ、シッド。本当に、この町のことに詳しいな」

「警部は、彼の奥さんが自殺したなんて思ってませんよね？」

「ああ、思っていない。だが、言われてみればそうかもしれないとミスター・パルグローヴが思ったっていうことは、とても興味深かったよ」

第九章

「フラックス・バラ及び東部諸州慈善団体連合（FECCA）」のオフィスは、かつてジョージ王朝時代のワイン業者の別邸だった建物の二階にあった。二階へは、薬局と金物屋のあいだのドアを入って狭い階段を上る。ドアは上に半円形の明かり採り窓があり、ドアの側面は縦溝彫りの細い柱になっていた。幾度となく塗料が塗り重ねられた柱は、わずかに隆起や凹みに元の姿をとどめていた。

ミスター・ハイヴは踏み段が平らでない急な階段を上りながら、クンクンとにおいを嗅いだ。金物屋からの灯油のにおいが、薬局からの化粧品や咳止めシロップのにおいと張り合っていた。しかし、二階の手前ではもう一つ、もっと鼻を刺すような香りが自己主張をしていた。ハイヴは足を止めて、その香りを楽しんだ。顔に笑みが浮かんだ。

階段を上りきると、広々した踊り場には、縦幅が十フィートもある窓から差す光が溢れていた。ドアが三つあり、その一つに、「FECCA―事務局・会計課」と書かれていた。ハイヴはノックをしてから、ドアをそっと数インチ押し開けた。片目で控えめに偵察するには、それで充分だった。その目をハイヴはすぐに引っ込めた。

「どうぞと申し上げていますのに」と女性の声がした。不満そうながら、上品な声だ。

ハイヴはポケットの中の物に――ずんぐりした小さなボトルに――手をやり、自分は隠れたまま、人差し指と親指でつまんだボトルを部屋の中でぶらぶらさせた。

ミス・ルシーラ・イーディス・キャヴェル・ティータイムは座っていた柳枝製の肘掛け椅子を後ろに引いて中腰になり、戸口にゆらゆら浮いているサンドイッチ用パンほどの大きさの、突如出現した亡霊に目を凝らした。そして、ラベルの文字を読んだ――「ハイランド・フリング」。つかつかとミス・ティータイムは戸口に歩み寄り、ドアを大きく引き開けた。

「モーティマー！」

「ルーシー！」

スコッチ・ウィスキーのボトルは、ふたりの抱擁の外側に無視されてぶら下がっていた。やがてハイヴは一歩下がって深々と頭を下げながら、ミス・ティータイムにボトルを進呈した。

ミス・ティータイムは愛情を込めてハイヴを見つめた。「あなたは何て優しいんでしょう、モーティマー。私の疼痛などを覚えていてくださるとは」

「何をおっしゃるんですか。医者なら誰だって、こうしたでしょうよ」

ミス・ティータイムは声を立てて笑った。遠い昔を思い出したかのようだった。「ねえ、モーティマー。医者はあまり長続きしなかったのよね」

「つなぎでしたから。最善の思いつきとは言えませんでした」

「あなた、もともと正直すぎるんですよ。あんなふうに華々《フラヴーラ》しくしていては、威信が損なわれるに決まっています」

「そうおっしゃってましたね、ルーシー。あの時も、あなたからそう言われました」

「今の仕事のほうが、あなたにはずっと合っていると思いますよ」

ハイヴは驚いたように両眉を上げた。「それじゃあ、何の仕事かご存じなんですね？」

「もちろんですとも。キティがよく連絡をくれますからね。それに、マクナマラおじさんも」

彼女は背を向けて、壁に取り付けられた小さな食器棚へ行った。「ティーカップで飲むのは嫌だなんて言わないでしょうね」そう言って彼女はトレイにカップと受け皿を並べ、砂糖壺とミルク入れも一緒に載せた。磁器は真っ白で、小さな房状の勿忘草《わすれなぐさ》が繊細に描かれている。ミス・ティータイムはそれぞれのカップに、ハイランド・フリングをなみなみと注いだ。

ハイヴはテーブルについた。ハイヴは楽しそうに溜息をついた。ミス・ティータイムは彼のカップと受け皿を置けるように、書類の山を脇へ押しやった。「またお会いできて、とても嬉しいです……」

「ここにはもう長いのかしら？　私が勧めたところで、私のようにロンドンを引き払うわけにはいかないでしょうね？　素敵としか言いようのないこの町は私にとって、今でも驚きの連続ですよ」

「確かに魅力的な町ですね」とハイヴは認めた。女性バーテンダー《バーメイド》の姿がよぎり、心の中で乙女《メイド》のように赤面した。

「昨今ロンドンは、少し退屈な気がしてね。ロンドン人は視野が狭くていけません。とにかく日々の大半を、何かしら小さな容器の中に閉じこもって過ごしていますからね」

ハイヴは広々とした明るい部屋を見回した。羽目板張りの壁は紫がかった薄い灰色に塗られていた。一方の壁の中央に油絵が一枚飾られている。無頓着にもヒツジの群れが墓地に放たれている、湿地帯の大きな教会の油絵だ。別の壁には、額入りの色刷り版画が四枚掛かっている。それぞれに、慈悲の対象候補者の例とおぼしきものが描かれていた——パブの入り口の踏み段で眠っているエプロン姿の女の子、やせ細ったグレーハウンド、黒い顎ひげを生やしたゲートル姿の男に叩かれている二頭の悲しげなロバ、背後に刃物一式を隠し持った極悪そうな三人の外科医に追い詰められた子犬。

「あなたのほうは、うまくいっているんですね？　ルーシー」

「おかげさまで相変わらず忙しくしていますよ。それが一番大事なことです。あなたには見当も付かないでしょうね、モーティマー。慈善事業の分野には、目的にかなう組織を作る余地がいかに多いか。実はね、やってみると、この仕事はとても面白いの」

「市場の独占が容易な分野だとは思えませんが」

「確かに残念ながら、事業者同士の競争意識がなくなることはないわね。動物に関する派閥争いは折り合いを付けるのが特に難しくて。でも、努力を結集しないのがどれほど無駄なことか、みんなが気づきさえすれば、必ずや状況は――近ごろ流行《はや》りの、何でしたっけ？――そうそう、合理化されるはずですよ」

ミス・ティータイムはハンドバッグに手を伸ばし、バッグを開けて茶色の薄い紙箱を取り出した。

「あなたもいかが？」

ハイヴは膝を叩いて言った。「やっぱりね！　そうだと思いましたよ……階段の途中から匂ってました。フラスカーティ（イタリアの地方名）で以前、カレン家の息子たちがそれを何と呼んでいたか覚えてますか？」

ミス・ティータイムは夢見心地に微笑みながら、黒くて細長い両切り葉巻にマッチで火を点けた。

「タジャー・カレン……やれやれ、そうでした……それから、小さなアーノルド……」

「『ルーシーの活力低減葉巻』、タジャーはそう呼んでましたね。葉巻と不妊に関する彼のあの奇妙な理屈ときたら」

「カレン一家には時々ちょっと戸惑ったけれど、ほんとに悪気があったわけではないと思うの」ミス・ティータイムは少しのあいだ葉巻の先を見つめていたが、やがて嬉しそうに顔を上げて言った。「この数日、私が誰と手紙のやり取りをしているか分かるかしら」

ハイヴは首を横に振った。

「あなたの古いお友達のミスター・ホルバインですよ」

「フルーティ・ホルバインですか？　まさか『ワンアームド・バンディット』（原意は「一本腕の追いはぎ」［ペテン師］で、横にレバーが一本付いた「賭博用スロットマシン」の意。果物の絵を用いたものに由来して英国では「フルーツ・マシン」とも呼ばれる）たちを慈善事業に携わらせようって言うんじゃないでしょうね」

「もちろん違いますとも。説明するとね、たまたま幸運にも、私が所属する委員会はとても進歩的なので、そのメンバーたちを説得したんですよ。コンピューターを導入すれば、組織の作業効率が格段に改善され――」

「何とまあ！」

「――言うまでもなく、そういう機器があればメンバーそれぞれの信望も厚くなるでしょうとね。私の仕事上の友人を通せば、そこそこの性能のコンピューターが二百五十ポンドで購入できると知って、皆さん、とても喜ばれてね。代金ももう用意できて、ミスター・ホルバインが仕事に取りかかっているの」

「フルーティは、コンピューターの一体何を知ってるんですか？」

「私に請け合ってくれましたよ」とミス・ティータイムが言った。「間違いなく満足してもらえる品を持ってくると。私は機械に弱いんですけど、彼が言うには、ピンボールマシンの解体とやらをすればいいだけだとか。

ところで、ねえ――（ミス・ティータイムはボトルのコルク栓を抜いて、それぞれのティーカップにウィスキーを注いだ）――私のことはもう充分に話したので、今度はあなたが自分の話をする番ですよ。どんな具合なのかしら――（ミス・ティータイムは意味ありげに声を潜めた）――今回の依頼の件は？」

「ああ、それなら終わりました」ハイヴは陽気に答えた。「あとは先方の支払いを待つだけです、とりあえずは」

「結末は上々だったんでしょうね、当然ながら」

「それが全く――私の責任ではありませんがね。当事者間で和解が成立したんです」

「まあ、それでは、時間の浪費だったのね、モーティマー。その人たちが心から自分を恥じているといいけれど」

「それはどうかな。一つ学びましたよ――この国では私立探偵は、ろくに尊重されないっていうことを。この頃よく言われる『マイナス・イメージ』とやらが定着していて」

「世間は無知なんですよ、モーティマー。世間は無知なの。何を期待できるというの――（ミス・ティータイムは厳しい表情で窓の外を見つめた）――人生はナンセンスで見かけ倒しなことばかりだと考えるように育てられた世代の人たちに」

*

パーブライト警部宛の電話の向こうから、ドクター・ファーガソンのせっかちで事務的な声が聞こえてきた。

「ブロンプトン・ガーデンズとやらのこの女性だが――」

「ああ、はい、ドクター」

「きみに電話をしたほうがいいと思ってね。ちょっと妙なことがあるんだ。もちろん報告書にも書くが、きみは早く知っておいたほうがいいだろう」

「そうですか」

「死因は溺死だった。その点は間違いない。器質性疾患の形跡はなかった……とにかく、命に関わるようなものは何も。死亡時刻は……ちょっと待ってくれ……そう、昨夜の十一時、多少の誤差はあるとしてもな……十二時前なのは確かだが、せいぜい一時間か一時間半前で……」

「では、十時半から十二時のあいだですね？」

「そうなるな。そうだ。それでだな……妙なことというのは……聴いているかい？」

「ええ」

「よろしい。それで両足首に、はっきりした打撲傷があるんだ。それぞれの足首に一組ずつ、はっきりとあざが五つ一組になって。下腿《かたい》の最下部だ。しかも、二組とも全く同じようなあざだ」

「指の跡ですか？」

「まず間違いないと思う」

パーブライトは相手の言葉を待ったが、ファーガソンからは、それ以上の詳しい話はなかった。

「ほかに何か傷跡はありましたか？」

「そう言われても、電話で全部を報告するつもりじゃなかったんだがね」

「もちろんです。この件を知らせていただいて、とても感謝しています。ただ、遺体には損傷があったのだろうかと思っただけです」

「きみ、あざも損傷だがね。いや、いいんだ。きみの言いたいことは分かっている。実際は、ほかにも傷跡があった。指関節部と肘に……擦過傷だ。我々二人が考えているとおりならば、彼女は逃げようとしたに違いない。可哀想に。それから、ちょうど横隔膜のあたりが広範囲にあざになっていた」

「押し倒された時に井戸の壁にぶつかったんですね……」

「推論を立てるのは、きみの仕事だ。私のじゃない。だが、その推論に異議を挟むつもりはない。特にはね」

カチリ。電話はもう切れていた。

パーブライトは報告をしに署長室へ向かった。チャッブ署長は、アフタヌーン・ティーの紅茶ポットのかたわらにあった三枚の全粒粉ビスケットの最後の一枚を厳粛な面持ちでかじりながら、報告を最後まで黙って聴いていた。やがて、パーブライトの予想どおり、署長は首をゆっくりと横に振って言った。「嫌な事件のようだね、パーブライト君」

「そのようです」

「いいかね、これは全く信じがたい事件だ。この女性はだね、いろいろと立派な仕事をしてきた。家内は彼女をよく知っている。いくつかの委員会で一緒に活動をしていたから。この件を聞いたら、気が動転してしまうだろう」

「彼女は――ミセス・パルグローヴは、人望があったわけですね？」

「まあ、その点は、わしにははっきりとは分からんが。こういう善良な女性たちでも時には、つまらんことで口論をするからな。彼女は何でも取り仕切る傾向にあったようだし。だがな、いやいや、それが理由にはならんな……誰かが……ブロンプトン・ガーデンズの……。いや、わしには、とてもそうは思えん」

「ご自身宛に届いた手紙の件は覚えておいでですよね？　署名のない手紙です」

「手紙？」署長は礼儀正しい戸惑いの表情を浮かべた。

「そうです。《親愛なる友へ》で始まって、なかなかドラマティックな訴えの——」

「ああ、あれか……そう、そうだった。間違って、わしに届いたんだったな。確か、パーブライト君、手紙を取りにわざわざ部下をよこしたんだったね」

「そうですが、どんな言い方がされていたか覚えていますか？」

「何となくはな。その手紙が今回の件に関係があるというのかね？　あれが誰に向かって書かれたにしろ、突飛な手紙に思えたが」

「私は、あの手紙は間違いなく署長宛のものだと思っていますし、調べればミセス・パルグローヴが書いたものだと判明するでしょう」

チャッブ署長は指の爪を数えた。爪が全部揃っているのを確かめてから言った。「近所の誰かが昨晩、何か気づかなかったか、聞き込みをする必要があるだろうね」

「プークとブロードリーにすぐに聞き込みに当たらせようと思っていたところです。私は現場に戻ります。彼女の夫が、家か近くにいるでしょう。家宅捜索令状を取っていただけますか、念のために」

署長は気が滅入った様子で頷いた。

パーブライトは先を続けた。「これはミセス・パルグローヴの死に関係ないかもしれませんが、近頃、町の慈善団体の主宰者のあいだで妙な争いごとが起きています。彼らは互いの活動を妨害するのに余念がありません……というか、そのように見えます。ご存じのとおり、ミセス・パルグローヴは慈善活動に深く関わっていました。誰かが個人的な恨みから犯行に及んだのではないことを確認する必要があるでしょう」

それなりに洞察力のあるチャップ署長は、パーブライトの丁寧な言い回しの背後に、自らの突拍子もない見解をどうしても確かめたいという思いがあることを見抜いた。パーブライトのそういう点が、しばしば署長を気詰まりにさせた。

「自分が良いと思うようにやることだ、パーブライト君」署長が冷静な口調で言った。

パーブライトは署でマレー巡査部長に新たな状況を説明し、プークとブロードリーの両刑事に指示を与えると、すぐにラブを伴って車でブロンプトン・ガーデンズへ向かった。

制服警官のフェアクローは、戻ってきたハーパーと一緒にいた。ふたりは侘しげに井戸の柱に寄りかかっていた。遠くから見ると、英国王室の紋章のライオンとユニコーンのように見えなくもなかった。

フェアクローによれば、パルグローヴは一時間ほど前に家を出てオフィスへ行ったという。パーブライトはフェアクローに、家の電話を借りてパルグローヴに戻るよう頼んでくれと指示した。「多少は急を要するようだと伝えてくれ——多少はだぞ、いいな。彼を怖がらせないようにな」

ハーパーには別の用事を頼んだ。「この水を全部抜きたいんだ。消防署のバッジのところへ行ってきてくれ。小さなポンプが一つあれば充分だろう。何ガロンぐらいの水が入っていると思うかね?」

ハーパーは口をすぼめ、顔をしかめた。彼には皆目見当が付かなかった。

「二十立方フィートかな？」パーブライトが助け船を出した。

ハーパーは顔をしかめて、計算するふりを続けた。「えーと……二十一ぐらいはあるかと」

「そうだな」パーブライトが言った。「ああ、それと、金魚の件も話したほうがいい。バッジが網や瓶か何かを持ってきてくれるかもしれない」

パーブライトとラブは家に向かった。電話を終えて現場に戻ろうとしていたフェアクローは戸口で立ち止まった。「ドアは閉めないでくれ」パーブライトが声を掛けた。

「大丈夫です、警部。ミスター・パルグローヴから鍵を預かっています」

「なかなか親切だな。連絡はついたかね？」

「すぐに戻ってきます」

居間に入るとパーブライトはそのまま、前に目にしていたライティング・キャビネットへ向かった。キャビネットは開いていた。彼は椅子に座ると、「フォア・フット・ヘイヴン」のレターヘッドがある大量の便箋のそばに置かれた十数枚の無地の灰色の便箋から一枚取り、タイプライターにセットした。そして、こうタイプした。

親愛なる友へ、緊急のお願いです。私は今、大きな危険にさらされています。

パーブライトはタイプした便箋を抜き取り、ポケットから取り出してあった、サイズも色も風合いもそっくりな便箋を広げた。

「それじゃあ、シッド。調べてみよう」

ラブはパーブライトのかたわらに立った。パーブライトは一文字ずつ、今タイプした見本を、投函された三通の中の一通の冒頭と比べ始めた。ラブは、パーブライトの鉛筆の先が全く同じブロック体の「e」の上をさまよい、その後、縦線がかすかに変形した「p」をたどってゆくのを見守った。「n」はどれも文字列からのずれ具合が同じで、ピリオドはどれも同程度の摩耗によって大きめだった。

「彼女がこれらの手紙を書いたのは間違いないですね」ラブが言った。

「それは、ほぼ間違いないと思う」

「つまり、彼女は自分の身に起こることを察したわけですね」

「そのようだ」

ラブは前かがみになって手紙の全文に目を通し、次の箇所を指差した。《私としてはずっと誠意ある忠実な伴侶たり続けてきた――そして今でも私の一生を捧げている――ひとが、私を亡き者にしようとしているのです》

「ここは言うまでもなく、手掛かりになりますね」

「手掛かりどころではないよ、シッド。相手をはっきり明かしているも同然だ」

「パルグローヴのことですよね、もちろん」

「ふむ、ほかに誰がいる？」

「愛人とか？」ラブは期待を込めて言ってみた。

「……《私としてはずっと誠意ある忠実な伴侶たり続けてきた》……違うな。不倫関係でこういう言い方はしない気がする。これは妻が言う言葉じゃないかな」

ラブの人差し指が便箋を下へとたどって行った。「ここを見てください……《あるいは溺死するまで愛する人の手で水の中に抑えつけられるのか……》。結局、この不吉な予言のとおりになったわけですね」

「分からないのは」とパーブライトが言った。「この《彼ら》が誰を指しているかという点だ。ここだ——《彼らは私が何も知らないと思っています》。そして、ここ……《計画の相談を耳にした》……」

「夫と彼女の女友だちでしょうか？」

「その推理は成り立つな、確かに」

「彼女は、ふたりを探っていたのかもしれません」

「それよりも、パルグローヴが相手と電話で話す時に用心を怠った可能性が高い。きみも気づいただろうが、彼の声はよく通るから」

「手紙の件を彼にぶつけてみるつもりですか？」

「遅かれ早かれ、話さねばなるまい」

「それから、彼女のその女友だちの件は？　そういうのがいればの話ですが」

「ああ、その件は、すぐに調べなければならん。入念にな」

　ラブは手紙の内容に関する考えが尽きたようだった。小声で鼻歌を歌いながら、部屋を歩き回り始めた。ラブはカクテル・キャビネットのそばで立ち止まり、鈴の音のメロディーをもう一度聞きたくなった。だが、やめておいたほうがよさそうだ。次に、ジャコビアン様式（十七世紀初期のジェームズ一世時代の建築工芸様式。家具は主にオーク材で彫刻装飾が多く重厚）を模した豪華なブラウン管テレビを吟味した。それから窓辺へと歩いて行った。素晴らしいカーテンだ。実に素晴らしい。自分がこんな家をもっていたら、殺人を犯してすべてを台無しにするような真似は決してしないだろう。みんな、一体全体どうして——？

「どうしても理解できないんだが」とパーブライトが言った。「彼女はこの手紙が何の役に立つと思ったのだろう。署名すらない。写真を同封するのを途中でやめたのも明らかだ」

「そうですね。でも、また手紙を書くようなことを言ってますよね？」

「確かにな。《あなたに助けていただく方法は追って詳しくお知らせします》と書いてある。検死官、警察署長、新聞の編集主任。なぜ、この三人なのだ？　なぜ警察署長だけじゃないのか？　この状況では、署長が最も妥当に思えるが」

「ほかの人たちには手紙を送っていない、とは言い切れません」ラブが言った。「ひょっとすると、みんな、手紙を捨ててしまったのかもしれません。私なら、そうしましたね」

パーブライトは振り向いて、ラブを睨んで言った。「巡査部長がご立派な告白だ」

「警部だって、彼女の手紙は馬鹿げているとお思いのはずです」

「ああ、思っている」パーブライトはそう言うと、くるりと向き直り、置いてある手紙や手紙のコピーにパラパラと目を通し始めた。ラブは肘掛け椅子にゆったりと腰を下ろし、夢見るような表情で窓の外を見つめた。五分が過ぎた。

「おい、ちょっと」パーブライトが突然、ラブに言った。「旧友がいたぞ」パーブライトは手紙の中から一通を取り上げ、椅子の背にもたれて詳細に見始めた。「ミス・ティータイムを覚えているだろう？　シッド」

「えっ、ロンドンから来た、あの年のいった女性ですか？」

「よぼよぼみたいな言い方はよくない。まだ五十二歳だと思う。それに、年齢の割には実に若々しい」

ラブは疑い深く口をとがらせたが、〈警部、たまたま知ったんですが、彼女は五十一歳です〉とは反論しなかった。「元気にしてるんでしょうかね？」

「犬の保護施設に妨害工作をしているそうだ。ミセス・パルグローヴの言うことが事実ならば。ミセス・パルグローヴは、よくあるあの『思い当たる節があるならば《イフ・ザ・キャップ・フィッツ》』式の手紙を彼女に送ったらしい」

「ミセス・ティータイムは本当に手紙の書き魔ですね……じゃなく、でしたね」

「ミス・ティータイムはいつ頃から慈善活動に関わっているのかな？」

「分かりません。耳にしたのは、セント・アンズ街で事務局長のような仕事をしてるっていうことだけです。彼女には株の配当収入があるんだろうっていう話です」

「これが実にとげとげしい手紙なんだ」パーブライトが思案顔で言った。「こう書いてある……《ご関心があるかと思いお知らせしますが、いわゆる「寄付」という名目でここから百マイルと離れていない地区で集められた資金の処理について、ある情報が私のもとに内密に届きました。その情報を関係当局に伝えるのは気が進みませんが、とはいえ必要が生じた場合は、躊躇なくそうするつもりです》」

「警部はおっしゃいましたよね」しばらくして、ラブが言った。「ミス・ティータイムは年齢の割には実に若々しいと……」

「おい待て、シッド……あまり先走りするな。それに」——パーブライトは手紙の日付を見た——「この手紙は、きのう書かれたばかりだ。ミス・ティータイムに届くのは早くても今朝だったはずだ……

ただし、投函されていたならばだが」

ラブは耳を傾けてはいたが、話は耳に入っていなかった。自分の推理に気を取られていた。「ミス・ティータイムはベンストーンで、互角どころか、あの男をやっつけましたからね*」

スポーツカーの低い唸るような音が聞こえてきた。

「パリーですね、あの音は」ラブが言った。

---

*原注・*Lonelyheart 4122*での出来事。

第十章

　ヘンリエッタ・パルグローヴの不慮の死は、正午には、ブドウのつるのようなフラックス・バラ情報網の末端の巻きひげにまで伝わっていた。さらにドクター・ファーガソンが外科用のメスを置いて小走りでせわしなく電話に向かってから三時間もしないうちに、彼女は凶悪犯に水の中に頭を突っ込まれて殺害されたという話が、その同じ不思議なほど効率的な情報経路をたどって広まっていた。

　すべての人がその話を信じたわけではない。以前にもそういった話は幾度となく出回ったが、それらはみな、「火のない所に煙は立たぬ」と固く信ずる一連の住民たちによる、自信たっぷりの脚色にすぎなかった。ダンローミンの近隣では懐疑的な見方が群を抜いて優勢だった。パルグローヴ夫妻の住人仲間たちは、警察が来ようと救急車が来ようと、消防隊まで派遣されようと、騙されるつもりはなかった。今回の噂も、地域の不動産価値を下落させようとする輩《やから》の仕業だ。住人たちに闘う準備はできていた。

　したがって、プークとブロードリーが近隣で聞き込みをしても無駄なことは、当然予想された。ブロンプトン・ガーデンズに居を構えている住人の中には一人もいないだろう――「気の毒なミセス・パルグローヴの事故」と彼らが執拗に呼ぶ出来事に関連がありそうな事柄を、この二十四時間のあいだに見聞きしたことを思い出せる人物は。

パルグローヴ夫妻の評判が落ちそうな私生活の一面を実は知っているなどと話す軽率な住人も、誰一人いなかった。聞き込みによれば、夫妻は裕福で物静かで、教会にも一人で、もしくは二人揃って行っていると思われていた。芝生も常に綺麗に刈ってある。隣人にこれ以上望むことがあるだろうか？

「時間の無駄だよな。分かってるだろう？」ブロードリーがレッド・ゲイブルズの門を後ろ手に閉めながら、ようやく、そう口にした。

プークは、分かっている、前にもこういうことがあった、と答えた。

「こんなことをしてるより、店の配達人と話すべきだよ」ブロードリーが言った。「特に、しばらく支払いがたまっている店の配達人と。情報を得るなら、彼らさ」

「全くだ」

ふたりは通りを渡り、ダンローミンの隣の家へぶらぶらと、最後の聞き込みに向かった。

新聞の詰まった深めのズックを肩から下げた少年が、ふたりの遥か後方の私道から出てきた。少年はあわてて、ふたりの背中をしっかと見つめながら、あとを追い掛けた。プークが前かがみになって門を開けようとした瞬間に、少年がふたりに追いついた。

「刑事さんですよね？」少年が尋ねた。無作法な口調ではなかった。

ふたりは相手を用心深く、距離を保ちながら上から下までじろじろ眺めた。やがて盗聴器も起爆装置も付いていないと判断したようで、頷いて話の続きを促した。

少年は話を続けた。「溺死した奥さんのことを訊いて回ってるんですよね？　隣の家の」少年が頭で隣の家を差した。

「まあ、そんなところかな」ブロードリーが答えた。顎の筋肉が幾らかほぐれていた。プークが言った。「どうしてだね？　何か知ってるのかい？」口調に親しみを込めていた。

少年は喉をごくりとさせ、ズックを持ち上げて言った。「きのうの夜、喧嘩してたっていうだけなんですけど」

「誰がだい？」

「奥さんと旦那さんです」

「口喧嘩っていうことかな？」

「怒鳴り合ってました。えーと――わめいたり何だり」

ブロードリーは少年に私道の脇を指差し、三人は垂れ下がったキングサリの枝の下へ行った。手帳が取り出された。「それじゃあ、まず……きみの名前は？」

その頃ダンローミンの敷地では、ポンプの音が鳴り響いていた。太腿までの黒くて艶のあるブーツを履いた消防士が二人、井戸の水面が急速に下降していくのを見守っていた。一人は先端に金網のかごの付いた棒を持ち、時折、棒をさっと水中に突っ込んでは引き上げ、かごの中で輝きながら転げ回っているオレンジ色の金魚を小さな水槽にあけていた。

もう一人の消防士が手を差し出しながら言った。「やってみよう」

「あと一匹で、からっぽだ」

何度かすくい損ねたあとで、残りの一匹も捕獲された。その一分後にはドイツの政治弁論のような轟音とともに、水の最後の一滴が消えた。

急に甲高くなったポンプの音に、キッチンで紅茶を飲んでいたハーパーとフェアクローは外に出て、消防士たちのもとへ向かった。

ハーパーが井戸の底の雑草混じりの泥を見下ろした。

「どうやら、やった甲斐《かい》がありそうだ」

ハーパーはズボンの脇の縫い目で両手をこすりながら、何かを探すようにあたりを見回し、木造の小さな小屋へ歩いて行った。やがて、熊手を手に戻ってきた。

パーブライト警部もポンプのモーター音が変わったのに気づいていた。結局あの井戸には、さほど水は入っていなかったのだ。とはいえ、それなりの量はあった。警部はパルグローヴが話しているあいだ、彼の手を見ていた。ずんぐりしていたが大きな手だった——先端が後ろに反り返った長い親指は、特に力が強そうに見える。手首からは黒い毛が生えていた。

「医者からのこの報告で事態が一変したことはお分かりでしょう、ミスター・パルグローヴ。こうして率直にお話ししているのは、奥さまの両脚のあざの原因に思い当たることがあるか知りたいからです——つまり、不吉ながら明白な原因以外に、心当たりがあるかどうか」

「あざの原因なんて、いくらでもあるだろう」

「左右対称のあざでもですか？　両脚に五つずつの？　しかも左右ともに同間隔の？」警部は両手を出し、二本の垂直の棒を握る仕草をした。

「そうだな。だが分からないだろう。つまり、あざを見ただけでは、確かなことは誰にも言えまい」

「お気の毒ですが、私の話から、これらのあざが意味するものはただ一つだとお分かりのはずです」

部屋の反対側で夢中で要点を書き留めていたラブが手帳のページをめくる音がした。パルグローヴが音の方向をちらりと見た。びくびくしている様子はなかったが、気分を害して戸惑っているようだった。

「メモを取る必要なんてあるのかね？」パルグローヴが警部につぶやいた。

「すみませんが、あるんです」

パルグローヴは胸の内ポケットに手をやり、一瞬手を止めてから、両方のサイドポケットを軽く叩いた。そして、片方のポケットから紙巻きタバコの箱を取り出した。警部にも勧めたが、残念ながら首を振られた。パルグローヴは一人、タバコに火を点けた。箱は、座っている椅子の肘掛けの上に置いた。

「では、お話しいただきましょうか」警部が言った。「昨晩のあなたの行動のすべてを。お茶の時間から、そう、今朝会社に出社するまでのことを。ごゆっくりどうぞ。正確に話していただきたいので」

パルグローヴは向かいの壁を見つめたあとで、手にしたタバコをじっと見た。タバコは中指と薬指のあいだの指の分かれ目に挟まれていた。

「ありそうもない話に聞こえるだろうが」パルグローヴが言った。「つまりだね、アリバイということであれば、私にはアリバイはなさそうだ」

「私がどんなことをしゃべらせようとしているのか、いちいち想像してくださらなくて結構です。話が真実でありさえすれば、それをどう判断するかは私の問題です」

「そうだな……」パルグローヴは言葉を切ると一口タバコを吸い、その手をきれいに払ってから、決心したかのように音を立てて煙を上に向かって吐き出した。そして、上唇からタバコのかすをつまみ取ったあとも、舌先で上唇を確かめていた。

「実は、レスターへ行くことになっていたんだ。機械の相談の件で」

「はあ、それで？」

「ウィルコックスという古くからの友人の家に一晩泊めてもらおうと思っていた。彼はハーディ＝リヴィングストン社の取締役でね。それはともかく、六時頃に家を出た」

「車でですか？」

「ああ、A・M《エイ・エム》だ」

警部は眉を寄せた。「夕方の話だと思っていましたが」

「そうだとも……ああ、そういうことか。いや、A・M《エイ・エム》は『午前』の意味じゃなく、アストン・マーティンのことだ」

「なるほど」

「で、言ったように、六時頃に家を出た。家内とお茶をしなきゃならなかったんでね……軽くだが、私は紅茶派じゃないんで……それで家内にはもちろん、行く先と午前中には戻ると話した」

「家を一晩あけることはよくあったのか、あるいは珍しかったのか、どちらでしょう？」

「どうだろう……珍しかったかな。だが、そうせざるを得ない時もあるので。ヘニーは嫌がってはいなかった。やりたいことが山ほどあったからね」パルグローヴはまた一口勢いよくタバコを吸うと後ろにもたれ、天井に向かって煙を吐いた。「とにかく、手短に言うと、レスターに向かう途中で、エンジンのタペットがカチカチ鳴っている気がして苛々した。というのも、その車はきのう点検整備したばかりだったし、ヘンダーソンのところは、いつもはきちんと整備してくれるんだ。仕方なく次の待避車線に入ってタペットカバーの下の音に耳を澄ませたが、調子が悪いのかどうか分からなかった。

ところが数マイル行ったところで、また音がし始めたんだ。それで、また同じことをして……退避車線に入って耳を澄ませ、あちこちいじってみたんだが……不具合な箇所はなかった。これを三度繰り返した。最後はもう忘れることにして、車を飛ばした。だが当然ながら、時間を随分無駄にした。レスターに着いたのは……そうだな、九時にはなっていたに違いない。疲れていたし……うんざりもしていたし……用事の相手の居場所を突き止める意味もたいしてないような気がした。とにかく――」

「失礼ですが、夜の八時とか、あるいは七時でも、一般的には商談の時間ではないですよね？」

「まあ、そうだろうな。だが、たまたま一般的ではないだけの話だ。仕事は割に合わないものだよ、警部。近頃はね」

「分かりました。先をどうぞ」

「じゃあ、かいつまんで言うと、トニー・ウィルコックスの家に寄ってすぐに、あてが外れたと分かった。家は真っ暗だった。待とうかとも思ったが、いや、しばらく帰ってこないかも知れないと思い直した。それに、戸口で待たれていては迷惑だろう。招かれざる客なんだから。しかも、夜のあんな時間に。それで、Uターンして戻ることにした」

「フラックス・バラにですか？」

「そうだとも。ところで、きみ、メルトン・モーブレー（レスターシャーの町）の先の〈ザ・フェザーズ〉っていうパブを知ってるかどうか分からんが――」

誰かがドアをノックした。ラブが行ってドアを開けた。パルグローヴの目に制服姿の警官が見えた。警官がラブに何かささやいた。ラブが振り返り、尋ねるように警部を見た。「フェアクローです、警部。一分ほど時間を割いていただけるだろうかと」

パーブライト警部は三分割いた。部屋に戻った警部はパルグローヴに謝ってから、話の続きを促した。

「ああ、そのパブだが、〈ザ・フェザーズ〉ではなかった……別のパブと混同してしまったようだ。名前は分からないが、とにかくメルトンの先にあるパブだ。要するに、一杯飲みにそこに寄ったんだ。感じのいい店だったので、もう一杯飲んだ。疲れていたし、もちろん、ずっと何も食べていなかった。とにかく、手短に言うと、店を出るまでにウィスキーを四杯か、ひょっとすると五杯飲んだ。そして運転し始めた途端に、気分が悪くなりそうだと分かった。それで分別よく、その場ですぐに車を脇に寄せて停めた。すると、あっという間に寝入ってしまい、目が覚めた時には今朝の九時だった」

話が途切れた。しばらく経ってから、パルグローヴが肩をすくめて言った。「馬鹿げた話に聞こえるが、このとおりなんだから仕方がない」彼がカクテル・キャビネットのほうを見た。またあの一連の手順が繰り広げられると、ラブは期待した。しかし、パルグローヴは座ったままだった。

警部が口を開いた。「きのうの夜、家を出た時に、奥さまに変わったところはなかったですか？お元気だったかという意味です、どこも具合は悪くなかったかという」

「ああ、全くどこも」

「奥さまに来客の予定があったか、ご存じですか？」

「なかったと思う、特には誰も。だが、さっき言ったように、いろんな人が来ていたからな。家内の福祉事業に関わっていた人たちが」

「誰がよく来ていたのか、話していただけると助かります」

パルグローヴは心もとなそうに見えた。「えーと、思い出してはみるが、実のところ、あまり関心がなかったからな。何人かは分かる。この先に住んでいるミセス・アーノルドで、彼女は犬好きだ。それから、あのレッド・クロス通りのミス・アイアンサイド。ああ、それから、教師で名前は……いや、待てよ。違うな……確か、彼は保険関係の人間だったな。名前は思い出せない。それと、もちろん、教区司祭のミスター・ヘインズ。あとはほかにも数人、時たま見かけたが、どういう人たちかは全く分からない」

警部は、しばらく待ってから言った。「ほかには思い出せませんか？」

「ああ。私には関係のない人たちだったから」

パルグローヴは落ち着かない様子で伸びをした。片手がまた、上着の胸の内ポケットに向かった。それを見ていた警部は笑みを浮かべ、身を乗り出した。

「これをお探しですか？」

驚きで顔を輝かせながら、パルグローヴが黄金色の薄い金属ケースを手に取った。

「おやっ、どこにあったのかな？」

警部は楽しそうな表情のまま、何も答えなかった。

「まあともかく、すまんな」パルグローヴはそう言ってケースを手の中で回した。「めっきなんだ。それでも十八ポンドしたがね」彼は滑らかな手つきでケースを開けた。

「これは一体……？」

警部は水でふやけた五本の茶色い紙巻きタバコを、礼儀正しく興味深げに眺めた。「ケースはあまり役に立ちませんでしたね？」

パルグローヴの目に敵意の色が見て取れた。パルグローヴが警部を睨んで言った。「どういうことだろう」

「それは、あなたのケースですよね？」

「そうだとも」

「部下たちが今しがた、お宅の庭の井戸の底で見つけたんですよ、ミスター・パルグローヴ。奥さまが溺死された、あの井戸で」

「おいおい、ちょっと待ってくれ……」

「何でしょう？」

パルグローヴは怒りが込み上げた。「いいか、きみが何を考えているかは分かる。だがな、見当外れもいいところだ。私が関わっているわけがないだろう……ヘニーの身に起こったことに。私はこっちには、いなかったんだから。私は何も知らない。全く何もな」

「そのケースがどうして井戸にあったのか、心当たりはありませんか？」

「もちろん、ない」

「最後に手元にあったのは、いつですか？」

「きのうだ、確か。そう、お茶の時間には持っていた。この部屋のどこかに置きっ放しにしたに違いない」

「奥さまはタバコを吸われましたか？」

「いや」

「となると、奥さまが井戸に行く時に持って出た可能性は低いですね？」

「そうとは言えん。おそらく、ケースを片付けたんだろう。家内は始終、物を整理整頓していたからな。そう考えれば、家内がケースを井戸に投げ捨てたのかもしれない。家内なら、やりかねない」

警部は、しばし考えた。「ということは、おふたりはご夫婦仲が必ずしも良くはなかったようですね。気がつかず、失礼しました」

「おいおい、どんな夫婦だって、時には意見が合わないことぐらいあるだろう」

「確かにそうですね。でも、腹立ち紛れに高価なシガレットケースを投げ捨てたりはしません」

「いいかね、警部……もしもきみが、何とか私をあおって――」

警部の片手が上がった。「とんでもない、ミスター・パルグローヴ」

「そうか、それなら、あんまり挑発的な物言いはやめてくれ」彼は、しばらく黙っていた。「すまんな。だが、すごくショックなんだ。たぶん、疲れ切ってもいるんだろう。夫婦仲は悪くなかったよ。ヘニーと私は人並みに仲が良かった。始終べたべたはしていなかったがね。だから何だって言うんだ？　家内に危害を加えたりするものか」

「ミスター・パルグローヴ、奥さまは想像力の旺盛なかたでしたか？」

「そんなことはなかったと思う。動物に夢中なところはあったが……。確か、この件は前にきみがここに来た時に、一緒に話をしたはずだ」

「そのとおりです、話をしました。でも、こう言ってはなんですが、今のあなたは、あの時と全く同じ状態ではありません。それは、ごく自然なことです。ショックに対する最初の反応は、はたから軽薄だと誤解されそうな反応になる場合が多いものです」

「きみも、私が軽薄だと思ったのか？」

「いいえ。冷淡に思えたと言ったほうがいいかもしれません。私には、今のあなたは前よりもご自分の立場の重大さを認識しているように見えます。たとえば最初にお話を伺った時、あなたは、奥さまは時にはとても感情的になって、『限度を超えそうな』危うさがあるほどだったと言いました。考え方が普通ではなく、激しやすい女性で、しょっちゅう手紙を書いていたとも。だが今のあなたは何とかして、奥さまは熱心さの程度も冷静さを欠く程度も人並みの、極めて普通の主婦だと思わせようとしている。あなたの以前の説明が、ほかの人たちから嘘だと否定されるのは確実だと気づいたからですか？」

「ほかの者たちが何と言うかなど考えもしなかった。なぜ考えなきゃならないんだ？　私は何もしていないのに」

警部は身を乗り出し、相手の椅子の肘掛けの上から、パルグローヴが紙巻きタバコの箱のそばに置いていた金メッキのケースを手に取った。「これは、必要な調べが済み次第お返しします。巡査部長が預かり証をお渡しします」警部はそう言って、ラブに頷いて合図した。

パルグローヴは諦めた様子で不機嫌にふたりを見つめた。警部がポケットから一枚の紙を取り出して広げ、パルグローヴのほうへ差し出した。

「よろしければ、この手紙を見ていただきたいのですが。そのあとで、お話しできればと」

ゆっくりと、徐々に顔をしかめながら、パルグローヴは手紙を読み終えた。

パルグローヴは首を横に振った。「これを見せて私にどうしろっていうんだね？」

「我々は、これは奥さまが書いたものだと思っています」

「どうしてそう思うのかね？　署名もないのに」

「そこにあるのは、どなたのタイプライターですか？」

「家内のだ」

「実は、この手紙は間違いなくそれでタイプされたものなのです。ですから、この手紙を書いたのは奥さまだと考えるのが妥当だと思われます」

「そうなのか。で、だから何だと言うんだ。私に言わせれば、どれもこれも、くだらんことだ。全く馬鹿げてる」パルグローヴは拒否するように手早く手紙を警部の膝の上に戻してよこし、紙巻きタバコの箱を取り上げた。

「いいですか、ミスター・パルグローヴ。手紙が何を意味しているかは明らかです。私がそれを信じるか信じないかは別です。だが、奥さまが何をしようとしていたのか分からないふりをするのは、やめていただきたい」

「馬鹿馬鹿しいにもほどがある。こんな話で時間を浪費するつもりはない」怒り、戸惑い、恐怖、そのすべてが、パルグローヴの血が上った顔に浮かんでいた。彼はその顔を、点火するタバコを持つカップ状の手で隠した。

「いいでしょう」警部は手紙を丹念にまた折りたたむと、パルグローヴのシガレットケースと一緒に淡黄褐色の大きな封筒に入れた。警部が立ち上がった。

「あと一つ些細なことですが、はっきりさせたい件があります。一緒にあなたのお車のところまで来ていただけますか」

パルグローヴは渋々、背を丸めて重い足取りでドアへ向かった。警部はラブを引き連れて、パルグローヴのあとから外へ出た。

アストン・マーティンは一際《ひときわ》輝きを放ちながら、通用口近くの私道に停まっていた。一瞬、所有者の誇りによってパルグローヴの憤慨した態度が和らいだ。彼は片側へ寄って、警部の顔を見た。警部は車のドアを開けて運転席に用心深く乗り込み、周囲を見回した。パルグローヴが近寄って、ドア枠にもたれた。

「車の点検整備記録表を探しているんですが」警部が言った。「何かそういったものは保管していますよね？」

「そこに入っている、左のグローブボックスに」

パルグローヴは探している警部の手元を、むっつりした顔つきで見つめていた。警部はファイルを開いて記載項目に指を置いてから、計器盤を覗き込んだ。

「ガソリンスタンドの記録によれば」と、しばらくして警部が言った。「きのうの午後の時点で走行距離のメーターは七千二百四マイルでした」警部はもう一度、計器盤に目をやった。「今日は、メーターは七千二百二十五マイルです」警部は少し脇にずれて振り向いた。「確認されますか？」

パルグローヴは何も言わなかった。身じろぎもしなかった。

「きのう点検整備してからの走行距離は二十一マイルという計算になります。そして、レスターは……まあ、ここから八十マイルほどでしょうか？　往復だと百六十マイルですかね？」

パルグローヴは肩をすくめて車から離れた。警部が車から降りた。

「これ以上話を進める前に、弁護士をお呼びになったほうがいいとはお思いになりませんか？」

第十一章

ミスター・ハイヴは女性バーテンダーのベッドから起き上がった。窓辺に行き、人差し指でそっと花柄の木綿のカーテンをよせて外を覗いた。もうすでに明るい陽が満ちていた。イーストゲイトの午前に彼が見下ろす先では、町の人々が行き交い、出会い、挨拶を交わし、そこかしこで二、三人が世間話をしていた。髪のつややかな若い男の店員たちが一日の始めに、長い棒で日よけを前に出している。野菜の入った木箱、幅広の木製トレイに並べられた大きなパン、中身の記載のない四角いボール箱、牛バラ肉や豚バラベーコンなどが、停めてある農業用トラックや高い屋根付きライトバンから店々の戸口に運び込まれてゆく。だぶだぶの白い上着を着た若い女店員が踏み台の最上段で爪先立って背伸びをし、食料雑貨店の窓を掃除していた。元気一杯な短い腕でごしごし汚れを落とす彼女の脚を、窓ガラスの奥にぼんやり姿が見える店主が、監督しているかのようにじっと見ていた。買い物袋を手にした女性が数人、値段を訊いたり品定めしたり却下したりしながら、熱心に店を回っている。屍衣《しい》のような長いコートを羽織った二人の高齢男性は、一緒に前かがみになって一つの新聞を熱心に読んでいた。真ん中に大きな穴のあいた緋色の濡れたレコード盤のような、泣いている子どもの顔が、大人の脚や買い物かごのあいだに見え隠れしていた。

ハイヴが指を外し、カーテンが閉まった。表面が大理石の洗面台に置かれたカラフ（ガラス製の卓上瓶）からガラスのコップに半分ほど水を注ぎ、ハイヴは苦い薬でも飲むように、立ったまま両目を閉じて、ちびちび飲んだ。そうしながら空《あ》いている手を回して、腰のくびれを掻いた。その都度、長いナイトシャツ（主に男性用の長いシャツ型寝巻）の裾が上がったり下がったりした。

背後で、暖かな寝床の中で身体の向きを変えて落ち着く音が聞こえ、続いて空気を鼻で吸い込む音、溜息、あくびが聞こえた。ハイヴは肩越しに目をやった。隆起した夜具の先に、くしゃくしゃな髪と興味津々な片目が見えた。

「モーティー……」

「何だい、ダーリン？」

「あなたが話していた爵位のあるその女の人たちだけど……その人たちはネグリジェを着ていたの？それともパジャマ？」

「まあ一般的に言って、貴族たちにはネグリジェが好まれていると思っていいだろうね。例外で忘れられないのはウィンチェスターのほうのレディー・ベリルとかいう貴婦人で、我々は一九三五年の社交シーズンのぎりぎり最後にどうにか彼女の件のけりをつけたんだが、彼女は、あろうことか、ポロシャツで寝るといってきかなかったんだ」

「ちくちくしたでしょうに！」

ハイヴは人が良さそうに肩をすくめた。「どんな仕事だって、ちくちくすることぐらいはあるよ。僕は今までずっと運がよかった。たった一つ、いつも細心の注意を払っていたことはあったがね。風邪をひいている婦人の相手は絶対にしなかった」

「まあ、歯医者と同じように？」

「くだらない偏見に思われるかもしれないが、僕がとっても健康なのは、そのおかげだと思っている」ハイヴは脇の化粧台の鏡に目をやり、姿勢を正した。腹部の肉の一部が、よそに移動した。ベッドから、またカサコソと音が聞こえた。「宝石は……貴婦人たちは宝石をたくさん身につけていた?」

鏡を見たまま、ハイヴはアーチ型にした四本の指で銀白色の癖毛を整えた。「夜間に目が覚めると、エメラルドが僕の鼻まで積んであった時もあったよ。そのホテルの従業員全員に年俸の二倍は払えるほど!」

隆起していた夜具がもち上がってから下がり、もぞもぞ動いて形を変えた。髪と片目は見えなくなった。まるで遠くからのような、こもったクスクス笑いが聞こえた。

ハイヴはまだしばらく、鏡に映った自分の姿を吟味していた。やがて口をとがらせ、ほとんど空になったコップを置いて指先を手首に当てていたが、おもむろに頷くと、ナイトシャツをぐいと引っ張り上げて、早朝礼拝に赴く修道士のように重々しく、またベッドへ向かった。

*

下の通りでは、でっぷりした警官が運転する老朽化した箱型セダンが、停車中のライトバンやトラックの脇を通り過ぎようとしていた。フラックス・バラの一昔前からの検死官は、警官の隣で苛々しながら前方を睨んでいた。警官は陰から子どもでも飛び出してきたら危ないとばかりに、二百二十ポンドの体重を思い切りブレーキペダルに掛けた。「すみません。だから、後ろの席に座ってくださいって言ったんですよ」車が再度、発進した。不滅のアンブレスビー検死官は、どうにか席に座り直した。

マレー巡査部長と検死官が到着した時には、すでに狭い法廷にはパーブライト警部、ラブ巡査部長、ドクター・ファーガソン、弁護士のジャスティン・スコープとその依頼人であるミスター・パルグローヴが集まっていた。もう一人、警察署長もいたことはいたが、かろうじて存在していたにすぎなかった。部外者の風情で所在なげだった。チャッブ署長は検死審問には滅多に同席しないのだが、パーブライト警部が署長にそれとなく、今回の事件では署長の存在感を示したほうがよさそうだと、におわせていた。

最後に現われたのは『フラックスバラ・シティズン』紙の主任記者だった。ミスター・プライルは、この時のためだけに二十年間の眠りから起こされたかのように見えた。彼が記者席のガタの来たテーブルに着くと、彼のレインコートのしわや隙間から埃が舞った。

マレー巡査部長はアンブレスビー検死官の短気な鈍感さが許すかぎり素早く、進行を取り仕切った。審問では、忙しい医師の便宜を図って最初に医師が証言することになっていた。マレーはいつも決まって医師に、「立ち去れるように最初に」と説明するのだが、まるで、逃亡者に向かっていちかばちかの機会を与えているかのように聞こえた（「get away［立ち去る］」には「逃げ出す」の意もある）。

ファーガソンは検死報告書の中から、電話でパーブライトに話した件の詳細を迅速に読みあげた。彼は検死の結果ミセス・パルグローヴの健康状態は健全だった旨を強調し、脚と腹部の打撲傷について、かなり詳しく説明した。

「検死の結果はすべて、ドクター」と、パーブライトがファーガソンに尋ねた。「この女性が無理やり足首をつかまれた……つまり、逆さまにされたという状況に一致しますか?」

「はい。手押し車の中身をあけるために傾けるような具合です」

スコープ弁護士は眼鏡の縁越しに軽蔑の眼差しで、誰をというわけでもなく眺めて言った。「ドクター・ファーガソンがこの席におられるのは、医学的な証人としてですか、それとも園芸の専門家としてですか?」

「誰にでも理解できる言葉で描写して、何も悪くはないと思いますが」ファーガソンが言い返した。そして、パーブライトが遮る前に付け加えた。「だが、もちろん私は法律の専門家ではありませんがね」

アンブレスビー検死官がビー玉のような目をファーガソンに向けた。入れ歯がカチカチと威嚇するような音を立てた。

「ありがとうございました、ドクター」パーブライトが言った。ファーガソンは書類をテーブルに積み重ねて立ち上がり、出口に向かった。マレーは検死官の頬ひげの生えた長い耳の近くにかがんだ。「ドクターの手数料をお願いします……」老人は背を丸めたまま、頑として動かなかった。そして、ファーガソンの背後でドアが閉まるのを見てから、ずるがしこい笑みを浮かべた。「はあ?」老人が言った。

青白い顔をしたパルグローヴが遺体の身元確認を型どおりに短く証言し、その後マレー巡査部長が、黙ったまま、タイプで打たれた紙切れを検死官の前のテーブルに置いた。アンブレスビー検死官は視線を落とした。

「ここに本審問を無期《シネ・ディエ》休廷とし……警察は……さらなる捜査を行なうものとする」

アンブレスビー検死官を除く全員が立ち上がった。検死官は数秒間、全員を不審そうに見つめていた。マレーが検死官の腕に触れた。「帰り道にソーセージが買いたいと言っておられましたね。一緒に来られるなら、スペインの店に寄りますよ」不承不承、老人は立ち上がった。マレーは老人の先に立って外に出た。

「前よりも一層ひどくなったようだね」チャップ署長が言った。五分が過ぎて部屋には署長とパーブライトだけになっていた。

「そう思われますか?」

「ああ、そうは思わんか、パーブライト君。わしより、きみのほうが彼に会っているだろう」

「検死官は年の割にはとても素敵な紳士だと、マレーは言っています」

「へえ、マレーがねえ。マレーが彼を上手くあしらっているのを見ると、全く感心するよ」

「ええ本当に。まるで母親のようですね。マレーがいなかったら、あの年老いた可哀想なミスター・アンブレスビーは、どうなることやら」

署長は献身的なマレーに思いを巡らせていたが、やがて満足そうに頷いて、その件は終わりにした。

「ところで、パーブライト君」と署長がハキハキした口調で言った。「ブロンプトン・ガーデンズのこの不運な女性の件で、わしに何か報告はあるかね?」

パーブライトもテキパキした態度になった。

「今のところ、すべてが、犯人は夫だと示しています。彼の説明は救いようがないほどお粗末です。要するに二つの説明のうち、一つは反証が挙がっており、もう一つはあり得ないような話です。物的証拠は多くはありません。まあ、もともと期待はできませんでしたが。今ある物証でさえ、彼は説明のしようがないんです。たとえば、遺体の下の水中にあった彼のシガレットケースがそうです。それに、奥さんが送った例の手紙も。あの手紙は間違いなく彼女が書いたものです」

「奥さんが溺死させられた時刻に彼はどこにいたと言っているのかね？」

「最初は、その晩はレスターに行って、帰りに道に停車して車の中で寝たと言っていました。ですが、彼にとっては運悪く車は整備したばかりで、点検記録に記載されていた走行距離から、話はでたらめだと分かりました。すると、彼は威張り散らしてごまかそうともせず、全く違う話に変えたんです」

「それできみは、もう一つの話を信じているのかね？」

「受け入れてはいます。嘘だと証明できないので。我々がつかんでいる証拠だけでは。それに、仮に彼がまた嘘をついているのなら、今度の話が彼には何のメリットもないのが奇妙なんです。

パルグローヴ夫妻は数年前にコテージを購入したそうで、二、三マイル離れたブロックルストーン・ロード沿いのハムボーン・ダイクにあるコテージです。以前は週末をそこで過ごしていたようですが、そのうちに目新しさが薄れて、だんだんと滅多に行かなくなったとか。パルグローヴの今度の話によると、奥さんが亡くなった晩、彼は一晩中そのコテージにいたそうです」

「何のためにそんなことをしたと言っているんだね？」

「時には一人になる必要があるのだと。奥さんと深刻な口論になったことはないが、奥さんには苛々させるような強引なところがあったそうで、その晩はたまたま、そういう、しばらく一人になりたい衝動を感じた時だったとか」

チャップ署長は考え込んだ。「話の筋は確かに通っているな、パーブライト君」

「表面上は、確かに。ではどうして、レスターに行くなんて嘘をついたのか？　そういえば、彼は秘書にも前もって話しているんです」

「ああ、それなら理由は簡単だ。奥さんへの口実だったんだよ。どんな奥さんだって、夫が自分から離れてのんびりしたいがために家を一晩あけたら、気分はよくないだろう」


パーブライトの片方の眉がかすかに上がった。「ああ、なるほど。私一人では思いつかなかったでしょう」


署長は居心地が悪そうに見えた。

「ほかにも、お話しすることがあります」パーブライトが続けた。「パルグローヴは既婚女性と浮気をしていた可能性が大です。コテージに行く理由としては、急に一人になりたくなってというよりも、はるかに説得力があります。彼が瞑想にふけるタイプには思えません」

「相手の女性が誰だか、知っているのかね？」

「まだ分かりません。でも近いうちに分かると思います。ラブ巡査部長にはそういうことを突き止める才能がありますから」

「潔癖すぎては、やっていられんだろうな、今回のような事件は……」

「はい、確かに」


チャッブ署長は眉を寄せた。「今回の人たちのように、自分の人生を――ほかの人の人生は言うまでもないが――台無しにしてしまうのは、残念でならない」署長は言葉を切ったが、やがて顔を上げた。「きみは、相手の女性を見つけたら――というより、ラブ巡査部長が見つけたら――何を訊くつもりかね？」

「状況は、いささか微妙でしょうね……」

「全くだ」

「いいえ、署長。道義的な意味で言ったのではなく、犯罪上の観点から微妙なんです。つまり、パルグローヴは愛人の存在を否定するでしょう——きのう何かにつけて否定したように。それはともかく——単に相手の信用を守りたいからではなく、相手が奥さんの殺害の共犯者だから」パーブライトは署長の顔をじっと見た。「もちろん、覚えておられますよね？　ミセス・パルグローヴが手紙に何と書いていたか」

「何やら企みがどうとか、計画がどうとか……？」

「そうです、署長。《計画の相談を耳にした》と書いてありました。もしも殺害が企てられていたのなら——夫人がはっきり述べているようにですね——相談の相手は愛人以外に誰がいますか？　パルグローヴは彼の言葉どおり、その晩コテージにいた可能性は高いでしょう。相手の女性もいたに違いありません。ただし、奥さんを殺害しに行くには車で十分しかかかりませんし、彼はその三十分後にはコテージに戻って来られたはずです。ですから、愛人は一緒には手を下さず、パルグローヴはコテージを離れなかったと証言するだけでしょう」

署長は、これは難しい状況になりそうだなと言って、パーブライトに何かほかに取り調べの手を考えているのかと訊いた。手はあるがたいした期待はもてないと、パーブライトは答えた。署長は、それは残念だが、遅かれ早かれ何かが明らかになって、苦労が報われるに違いないと言った。

「パルグローヴの話の中に一つ、信じてよさそうなことがありました」パーブライトは付け足すかのように言った。「最近ずっと誰かに付け回されていたって言うんです。知らない男だそうで」

「思い過ごしじゃないのか？」

「私も初めはそう思いました。でも、彼の説明がかなり詳しくて、私にはその男性に心当たりがあるんです」

「この町の住人ではないのかね？」

「違います。ロンドンの人間です。一風変わった仕事をしている……いえ、かつてしていた男性です」

「興味深い話だね、パーブライト君」

「ミスター・ハイヴは興味深い人物です。私は偶然――」

「ハイヴ……それが、その男の名前かね？」

「そうです。モーティマー・ハイヴ。話の続きですが、私は偶然、きのう彼を見かけたんです。セント・アンズ街の慈善団体連合のオフィスに入っていくところを。そして奇遇にも、ミセス・パルグローヴがその前日にとげとげしい手紙を送った先がそのオフィスだったんです」

「そうなのか」署長が言った。驚いたように見えたほうが、わけが分からないと白状するよりもいいと思えた。

「ですから、ミスター・ハイヴを探し出して、話を聞いてみようと思います。いかがでしょうか？」

チャップ署長は天井を見上げて言った。「すべてを考慮すると、わしとしては、えーと……そうだな。ああ、それがいい」

第十二章

「これはこれは、〈ドーヴァー〉ですか?」ミスター・ハイヴはステーション街にある野暮ったい小さな新聞販売店の奥の電話口で、愛想良く言った。

憤慨して鼻を鳴らす音が聞こえたかと思うと、カチリと電話が切れた。

変わらず愛想良く、ハイヴは金を入れ、もう一度ダイアルを回した。かなり経ってから、ぶっきらぼうな苛々した「もしもし」という声がした。

「〈ドーヴァー〉?」ハイヴは柔和な声で言った。「こちら、〈ヘイスティングズ〉」

「ロンドンに戻るんだと思っていたが」

「この店のご主人から、あなたがまだ私の勘定書を取りにいらしていないと伺ったもので。まあ、金額が割と――」

「ロンドンに戻るんだと思っていたと、言ったんだ」押し殺した声だったが、切羽詰まった、怒った声だった。

「ええ、ところが、いろいろな事情が重なって……言ってみれば、いいことが重なったんですが……そのために帰るのが遅れて。まあ、そういうわけで――」

「きみの個人的な冒険談なんぞに興味はない。仕事をしてもらうためにきみを雇い、その仕事はもう済んでいる。私にしつこく付きまとうために雇ったわけじゃない。分かったかね？」

　ハイヴの機嫌の良さは、これほどの非難でさえ、ものともしなかった。まるで誕生日祝いの伝言であるかのように耳を傾けていたハイヴは、嬉しそうに頷いた。

「もちろん《メ・ウィ》です、大尉殿《モン・カピテーヌ》……あなたは百パーセント正しい。あのう……仕事上の用語抜きで話すほうが良くはないですか？　これでは、ほとんどの探偵が話し下手なのも無理はありません――」

「今日、帰るのかね？」

「いま言おうとしていたんですが、この店のご主人が――」

「今日帰るのかと訊いたんだ。今日――きみは――ロンドンに――戻るのかね？」

「実のところ、ちょっと分かりかねます。いろいろ事情があって――」

「一体いつ帰るつもりなんだ？」

　ハイヴは溜息をついた。「早めには。残念なのですが」

「明日かね？」

「……そして明日、また明日、そしてまた明日」ハイヴは夢見心地に、ささやくような優しい声で言った。（シェイクスピアの『マクベス』第五幕第五場のマクベスの独白の一部を借用。『マクベス』の原文は「Tomorrow, and tomorrow, and tomorrow」）

「いいかね……私は、はっきりした答えが欲しいんだ。私の時間をこれ以上無駄にしないように忠告しておく」

「はい、しませんとも。さて、あなたさまのお尋ねにどう答えれば最善なのか？　深い関係になったとでも言いましょうか。仕事上のことではなく。お察しください、我が友《アミーゴ・ミオ》よ。決して、望ましくない関係ではありません。ただ、先程から言っているように、この店のご主人の話だと、私の勘定書は

――無地の封筒に入れてあります、言うまでもなく《サ・ヴァ・サン・ディール》――受け取りにいらしていないそうで、従って支払われておらず。文句を言っているのではありません。むしろ、謹んでお願いしているのです。私の言いたいことは恐らくお分かりかと？」

「すぐに金が欲しいのだな、今すぐに。キャットフードの肉を売り歩く商人か何かみたいに」

「キャットフードの肉ですか……いえ、せっかくですが、そのたとえは苦手です。私なら、雄のガチョウに添えるソースだと、商品として――」

「とりあえず十二ポンド払おう。分割払いの一部だ。四時十五分過ぎ頃に、店に十二ポンド預けておく。それより前は無理だ」

「そうしていただけると大変ありがたいです、本当に」ハイヴは寄りかかっていた壁から身を起こし、空いている手で上着の身頃の垂れ具合を直した。

「代わりに確約してほしい」

「何なりとどうぞ、将軍殿《モン・ジェネラル》」

「きみが明日フラックス・バラを出てゆくことを条件に、私はその金をきみ宛に預ける。残りの分は郵便で送る。ただし、きみは明日フラックス・バラを離れていなければならない。ちゃんと分かったかね？」

ハイヴは答えにためらった。

「分かったかねと言ったんだ」

「あなたのご希望は分かりました、はい。ただ、ちょっと分からないのは、どうして――」

「きみは金が欲しいのか、それとも欲しくないのか？」

「いえ、もちろん欲しいです」

「よろしい。それでは、午前中にはロンドンへの帰途についているね？」

「何が……何があっても、そうします」

店を出る際にハイヴは立ち止まり、カウンターと紙巻きタバコの箱や刻みタバコの缶がぎっしり並んだ段状の棚とのあいだに挟まっている、洋ナシ型の巨体の男性に声を掛けた。

「あとで紳士が私宛の手紙を置きに立ち寄ることになっている。私の名前はミスター・ヘイスティングズだ。ああそれから、その紳士に、きのう私があなたに預けた封筒を必ず持って帰るよう念を押してくれるかね」

洋ナシ型の男性は面倒臭そうな唸り声を発しながら頷いたために、下顎が押しつぶされた顔になっていた。

＊

町の反対側では、パーブライト警部が「フラックス・バラ及び東部諸州慈善団体連合」の事務局長を探していた。パーブライトは少し前にセント・アンズ街にある団体連合のオフィスを訪ね、留守を預かっている、縁なし眼鏡をかけて、形も大きさも、そしておそらく耐久性も陸軍の野戦ヘルメットのような青いフェルト帽をかぶった女性に会った。その女性はパーブライトに向かって大仰に微笑みかけ、ミス・ティータイムは今日はオールド・ホールの当番で、「趣味裁縫分科委員会」の人たちが来る前に話がしたいなら、すぐに行ったほうがいいと言った。

フラックス・バラの南のはずれの緑地にある、ジョージ王朝時代初期の荘園領主の大邸宅だったオールド・ホールに着くと、パーブライトは二号娯楽室に行くように言われた。その部屋へ続く石敷きの長い廊下の片側には窓が連なり、白いペンキ塗りの窓台にはテラコッタ製の鉢やボウルに植えられて夏咲きの花がずらりと並んでいた。それらの花の香りに混じって、プラスチシン（英国の工作用粘土の商標）と絵の具箱、ゴム長靴、幼児服のにおいがした。パーブライトが教えられた突き当たりの部屋の外には、一列に並んだフックに二十人分ほどのコートと帽子が掛かっていた。部屋のドアの向こうは賑やかだった。とても楽しそうな賑やかさだ。

ドアが開いた。子どもたちがどっと飛び出してきたので、パーブライトは急いでドアの陰によけた。帽子やコートが放り投げられ、引っぱられ、振り回され、踏みつけられたが、最終的には選別されて割り振られ、それらを身につけた子どもたちが小走りで帰って行った。廊下は空《から》になった。

パーブライトは戸口で中を覗いた。すぐにミス・ティータイムに目が留まった。彼女は大きなスピンドル・バック・チェア（背棒が紡錘形の椅子）に、背筋をぴんと伸ばしながらも温かな雰囲気を漂わせて座っていた。その椅子のまわりには、たくさんのクッションやスツールが散らばっている。子どもたちがそこに座って、彼女が物語る話に耳を傾けていたのだろう。

部屋には、ほかにも人がいた。看護婦の制服のようなものを着た、ぽっちゃりした若い女性が三人、年かさだが陽気そうな顔の女性が二人――寮母というのだろうか？――そして、エプロン、長いスカート、ボタンブーツという姿の大柄な婦人がしきりに尻を掻きながら、バーテンダーのようなバスバリトンで笑い声を立てていた。団体の料理人のようだ。

「ねえ、私たちにもお話を聞かせてくれませんか？」料理人が大声で言った。

「そうね。聞かせてくださいな！」

「さあさあ、ミス・T《ティー》！」

ミス・ティータイムは遠慮がちに微笑んで、何がいいだろうかと窓の外に目をやった。パーブライトはこっそり部屋に入り、ドアを後ろ手にそっと閉めた。誰も、彼が来たことに気づかなかった。

「いいでしょう」ミス・ティータイムはそう言って、両手を膝の上に組んだ。「これは神秘に満ちた東洋のお話です。叔父から――例の宣教師の叔父ですが――聞いた話で、皆さんもきっと、東洋の魅惑的な国々のどの話にも劣らず、不思議な出来事だと思うことでしょう。

マフムードという名の貧しいアラブ人にまつわるお話です。ある日、このアラブ人は広大なゴビ砂漠を歩いていました。貧しくてラクダを買うことができず、徒歩で旅をしていたのです。

ここでちょっとご説明しておきますと、砂漠のこの一風変わった出来事があった場所は、人が住んでいる所から遠く離れて――一番近いオアシスからでも何マイルも何マイルも離れていました。

ともあれ、おそらく木陰のあるどこかの城郭都市《カスバ》で待っているシャーベット（ここでは果汁の清涼飲料の意）でも思い描きながら、マフムードが果てしない砂丘をひたすら歩いていると、不意に足の親指が砂の中の何かにぶつかりました。マフムードは立ち止まって腰をかがめ、最後に踏んだ砂の中を手探りしました。そして、何かを取り出しました。何だったか分かります？」

ミス・ティータイムは言葉を切って、聴衆の顔を順繰りに見回した。みんな黙ったまま首を横に振った。

「クリケットのボールでした！　マフムードは驚いて見つめました。アッラーのお恵みのおかげで《アッラー・キャラバンサライ・》隊商宿まであと少しだ《バクシーシ》！　そう思ったマフムードは、また歩き出しました。

ところが、まださほど行かないうちに、別のほうの足の親指に前とそっくりの感触がありました。彼は立ち止まりました。腰をかがめ、手探りしました。そしてまた、砂の中から何かを取り出しました。そうです……また、クリケットのボールでした！　彼は前よりもいっそう驚いて見つめました。アッラーのお恵みのおかげで隊商宿まで、もうあと少しだ《アッラー・キャラバンサライ・バクシーシバカー》！　そして、彼はまた歩き出しました。

ところが、二十歩も行かないうちに、またしても足が砂に隠れたものにぶつかりました。彼は立ち止まりました。腰をかがめ、手探りしました。砂の中から何かを取り出しました……」

ミス・ティータイムはわずかに身を乗り出し、聴衆に問いかけるように両眉を上げた。

「今度もクリケットのボールですか？」一番若い看護婦が言った。

「いいえ……」ミス・ティータイムは姿勢を戻した。「去勢されたコオロギ《クリケット》でした」（「ボール［ball］」には「睾丸」の意味がある）

パーブライトは、料理人や看護婦や寮母たちが各自の仕事に取りかかるまで待った。やがて立ち上がって部屋を横切り、出窓のテーブルで薄汚れてだらりとしたテディベアのほころびを縫おうとしているミス・ティータイムのもとへ行った。ミス・ティータイムが顔を上げた。

「まあ、警部！　お目にかかれて、とても嬉しいですわ！」

パーブライトは差し出された彼女の手を取り、軽く会釈をした。彼は近くの椅子をテーブルに寄せ、彼女の前に座った。

「あなたが、どこかの委員会か何かに襲われる危険性があると聞きました」――ミス・ティータイムは、その話ですかというように表情を曇らせた――「ですから警官として、すぐに本題に入ります」

「どうぞどうぞ」ミス・ティータイムは糸巻きから木綿糸を引っ張って器用に噛み切り、二度目で糸の端を針に通した。

「ミセス・ヘンリエッタ・パルグローヴが亡くなったことは、もうお聞き及びと思います。一昨日の晩、自宅の庭で溺死したんです」

「ええ、知っています。本当に驚きました。どこに行ってもその話で持ちきりです、当然ながら」

「そうでしょうね。ミセス・パルグローヴは、社会事業家や委員会や、そういった人たちのあいだでは有名でしたからね」

「そうなんです」ミス・ティータイムは、テディベアの擦り切れた部分に針を刺した。「珍しいほど積極的な女性でした、ミセス・パルグローヴという女性は」

「概して」とパーブライトが言った。「積極的な人たちは、消極的な人たちよりも反感を買いやすいですからね。それとも、慈善事業の分野でもそれが当てはまると思うのは大間違いですか？」

ミス・ティータイムは手元から鋭い目を上げた。「私と同じぐらい、よくご存じのようですね、警部。殺人事件にとって、この分野ほどの温床はないことを」

「驚かさないでくださいよ、ミス・ティータイム」

「あら、驚かすつもりはありません。私と同じように考えているのでなければ、あなたは今ここにいらっしゃらないでしょう」

「今回の件を拡大解釈してはいけません。ミセス・パルグローヴを殺害した人物は、証拠からすでに明らかなんです。その人物は間違いなく、すぐに逮捕されて起訴されます。ただし、その一方で、ほかのあらゆる可能性も徹底的に検証する必要があります」

ミス・ティータイムは新たに一縫いした糸をぴんと張った。「そして私が、ほかの可能性の一人だということですか、警部」彼女は微笑んでいた。

「あなたは昨日、ミセス・パルグローヴから手紙を受け取りましたね」

「そのとおりです。お読みになりましたか？――そうですよね、当然お読みのはず。故人の所持品と言うんですか、その中にコピーがあったでしょうから」

「実に脅迫的な手紙でしたね、ミス・ティータイム」

彼女は軽く肩をすくめた。「警部は慈善団体の手紙のやり取りには馴染みがないようですね。悪辣な行為をほのめかされたからといって、いちいち真に受けていたら、資金集めの時間がなくなります。そうなったら、可哀想な動物たちはどうなるでしょう」

「資金の横領があったように書いてありましたが、事実無根なんですね」

「もちろんですとも。慈善事業の悩みの種は誤解《ミスアプリヘンション》なんです。横領《ミスアプロウプリエイション》ではなくてね。皆さん、ご存じではありませんが、近頃は運営費がとてもかかるんです。今の世の中、あれやこれや必要で、どれもお金がかかります――宣伝活動とか、広報コンサルタントや会計士や事業効率専門家――コンピューターまでいりますからね。大変なんですよ、警部。募金箱を振り回してお願いする以外にも、することは山のようにあるんです。それで」――ミス・ティータイムが人差し指を上げて愛想良く微笑んだ――「思い出しました……」

彼女はテディベアを脇に置いて、暖炉のそばへ行った。炉棚の上に箱があった。彼女はその箱を持ってきて、パーブライトとのあいだに置いた。

「私を尋問させてさしあげる料金を少々いただきます！」

パーブライトは、にこっと笑い、硬貨を数枚取り出して箱に入れた。

「形式的にお尋ねするだけですが、ミス・ティータイム――当然お分かりのように――十二日の夜、つまり一昨日の夜はどこにいらしたか、お話しいただけますか？　たとえば、十時以降は」

　ミス・ティータイムは目を見開いて言った。「ベッドの中ですよ、警部。ほかにあります？」

　パーブライトが微笑んだ。「どなたから裏付けを取ればいいかお訊きしたら、無作法にあたりますね」

「そんなことはありません。お褒めの言葉と受け取ります」彼女は少し悲しそうに目を伏せた。「でも、私は時機を逸してきましたの。実を言うと、私がずっと危惧してきたのは結婚の身体的な面なのです」

　パーブライトは同情するように頷いた。

「もううんざりということは、まずなさそうですものね」ミス・ティータイムが言った。

　彼女は小ぶりの銀色のドレス・ウォッチ（正装時の薄型で上品な腕時計）に目をやった。「まあ、委員会の皆さんが、もうすぐいらっしゃいますわ。ほかに何か、私がお役に立てそうなことがありますか？　警部」

　勧めた紙巻きタバコを優しく辞退され、パーブライトは自分のタバコに火を点けてから尋ねた。

「ひょっとして、ハイヴという男性と面識はおありですか？」

「モーティマーですか？　あなたがモーティマー・ハイヴをご存じだとはね。ええ、私たちは古くからの友人です」

「彼は正確には、何をしている人ですか？」

「実はね、あなたと同じ分野なんですよ、警部。ミスター・ハイヴはディテクティヴ（detectiveは「刑事・探偵」の意）なんです。もちろん、プライベート・ディテクティヴ《私立探偵》ですけどね――いわば、パネリストの一員にはならないような」

「彼は、あまり探偵っぽくないですね」

「そうですか？　まあ、そうなるように育てられはしませんでしたからね。でも彼には、私にとっては同類だと思われる仕事で、輝かしい経歴があるんですよ。つい最近まで、グラウンドの整備員だったんです」

「グラウンドの整備員？」

ミス・ティータイムはパーブライトの当惑した顔を見て微笑んだ。「彼のちょっとしたジョークですよ。ミスター・ハイヴは、プロの『共同被告』（離婚訴訟での姦通相手）でした。つまり、離婚の理由《グラウンド》を提供していたんです。もちろん、他言無用ですよ」

「ということは、秘密なんですか？」

「いいえ、そうではありません。ただ、モーティマーは今、男性が体形のことで見栄を張ったり神経質になったりしがちな年齢です。彼の親しい友人たちは彼が健康上の理由でその仕事をやめたことを知っていますが、ほかの人たちにまでその事実を知られたら、彼が傷つくのではないかと思うので」

「なぜ彼がフラックス・バラにいるのか、ご存じですか？」

「それは、本人に直接お訊きになったほうがいいでしょう。私がお話しできるのはせいぜい、彼の今回の仕事は、おそらくあなたのご想像どおり、この町の住人の浮気と関係があるということぐらいです。そういえば確か、依頼人が——とモーティマーが呼んでいましたが——終わらせたとか。今回の依頼をですよ——浮気をではなくて。でも、おそらく浮気も終わったんでしょうけど」

「ミスター・ハイヴがなぜミセス・パルグローヴのご主人を監視していたのか、心当たりはないですか？」

ミス・ティータイムは、たしなめるように首を横に振った。「もういいでしょう、警部！」

「極秘にでも、だめですか？」

「本当に、もうこれ以上はお話しできません」

募金箱を眺めていたパーブライトは何気なく箱に触れて向きを変え、ラベルを読んだ。

「あのう……ザ・ニューワールド・ポニー・レスキュー・キャンペーンの目的は何ですか？」

ミス・ティータイムは愛情を込めて募金箱を眺めた。「そうですね、目的は性格上、伝道者に近いと言えるでしょう。動物の救援活動には国境がありません。ご存じのように、アメリカでは馬は人間にとって、イギリスのような機械化が多少進んでいる国でよりも、はるかにいろいろな面で助けになる仲間です」

「そうなんですか？」

「ええ、そうですよ。アメリカへいらしたことはないですか？」

「残念ながら、ありません」

「ああ、それでしたら、サンフランシスコなどの都市で私たちの友人である馬たちがどのようなつらい状況にあるか、お分かりではないでしょうね。路面電車はご存じでしょう。あのものすごく急な坂も」

「でも、サンフランシスコの路面電車はケーブルカーのはずですよね？」

ミス・ティータイムは根気よく穏やかな笑みを浮かべて、パーブライトの顔を見ていた。

「それでは、一体何が地下でケーブルを引っ張っていると思っていらしたんですの？」彼女はパーブライトが分かりきった事実を理解するのを待って、溜息をついた。「本当に、まだまだ、このN・

W・P・R・Cが是正すべきことがたくさんあるんです」

パーブライトは、もういちど募金箱に目をやった。「これは公認の慈善団体ですよね？　もしや、あなたは横りょ《ミスアプロウ》――」

「あらまあ！」ミス・ティータイムはすでに立ち上がって、窓の外を見ていた。「委員会の退屈なかたたちが来られましたわ。お出迎えしなければ」

パーブライトも立ち上がった。「ちょっと待ってください、ミス・ティータイム。ご友人のミスター・ハイヴは――」

「彼に会わせて差し上げますよ、警部。今日中に。私のオフィスで五時十五分前では、いかがですか？」

「伺えると思います」

ミス・ティータイムは手を差し出した。パーブライトに向けた笑みは、友情のこもった、愛情のこもったと言ってもいい微笑みだった。

第十三章

パーブライト警部が昼食を済ませてから署に行くと、二時間前にノッティンガム市警から電話があったと伝えられた。二時半にもう一度電話をかけてくるという。

パーブライトのオフィスでは、ラブ巡査部長が待っていた。

「お探しの浮気相手が見つかりました」ラブが率直な無頓着さで言った。

「売春斡旋人のような言い方だね、シッド。何の話だ?」パーブライトは机に向かって斜めに座り、朝から置かれっぱなしの書類をパラパラとめくった。

「パリー・パルグローヴがかっこいい車で会いに行ってる相手ですよ、名前を突き止めるように警部から言われた」

パーブライトは興味をそそられて顔を上げた。

「ドリーン・ブッカー、それが相手の名前です」ラブは、パーブライトが入って来た時に開いていた手帳を見た。「住所はジュビリー・パーク・クレセント二十五番地です」

「ブッカー……」

パーブライトは考え込みながら人差し指で唇をなでた。それを見たラブは急いで説明を続けた。

「ハーロー街のアンダーソン家の娘の一人で、結婚したんです。以前はモッグス・クーパーと付き合っていました。彼が例のバイクで事故を起こすまでは。覚えておいでしょう。スリー・ポンズ・コーナーでの事故です。噂によると、チャルムズベリーのスタン・ビガダイクが彼女を妊娠させたことがあるらしいのですが、本当かどうかは疑問です。とにかく、最終的にはグラマースクールのあのブッカーと一緒になったんです。年はいっても、まだまだお盛んなようですね。その点については私には分かりかねますが」

「だが、ミスター・パルグローヴには分かっているのだな」

「そのようです」

「よくやった、シッド。ご苦労だった」パーブライトはメモを書いた。「二十五番地、えーと……」

「ジュビリー・パーク・クレセントです」

パーブライトは電話帳をめくり、受話器を手に取った。「フラックス・バラの四一七五を頼む……ミセス・ブッカーですか？　フラックス・バラ警察署の警部のパーブライトと申します。今日の午後、署のほうで少しお話を伺いたいのですが、お時間はおありでしょうか？　おいでいただけると大変ありがたいのですが……いいえ、そういうことではなく、捜査中の件で力を貸していただけないかと思いまして。私がご自宅にお邪魔するよりもお越しいただくほうがよいかと思ったのですが。つまり……少し微妙な事柄なので……。ええ、それで結構です。ご親切にありがとうございます」

パーブライトは電話を切った。「きみの話のとおりであってほしいよ、シッド。そうでなければ、私はひどい間抜けに見えるからな」

「いいえ、大丈夫ですよ」ラブは呑気だった。「警部はただ彼女に、コテージでの逢瀬はいかがですかと訊けばいいんです」

「ハムボーン・ダイクのコテージでのか？」

ラブが目を丸くした。「警部はご存じだったんですか？」

「この町じゃ、噂はすぐに広まるからな。そうだろう、シッド。すぐに広まる」パーブライトは、ふっと表情を和らげて微笑んだ。「いや実は、パルグローヴと二度目に会った時に、彼が自分から、ハムボーンにコテージをもっている話をしたんだ。ドリーンのことは何も言わなかったがね」

「まあ、言うはずがありませんよね？」

ノッティンガム市警からの電話は二時半ちょうどにかかってきた。かけてきたのは、ギャロンかギャリオンとかいう名の巡査部長だった。

「警部のご担当のこの殺人事件ですが――」

「どの事件ですか？」この短い問いは、フラックス・バラがどんな大都市にも全く劣らない文明都市だという印象を与えた。

「ミセス・ヘンリエッタ・パルグローヴという女性の事件です」

パーブライトは三、四秒、間を置いてから言った。「えーと、ああ……ありました……」

「実はそちらでお役に立つかもしれない情報があるんです。さらなる調査をお望みかもしれないからご連絡するよう、警視から申しつかりました」

「それは、どうもありがとうございます」

「今朝、ジョブリングという男性が署に来たんです。ノッティンガムの写真店の共同経営者です。店は、カメラや備品の販売と、プリントや現像もしています。ミスター・ジョブリングの話によると、二週間ほど前に、二枚の写真をそれぞれ複数枚――一つは二十枚、もう一つは三枚――プリントしてほしいという客がいたそうです。今月の二日の土曜日でした。

そのちょうど一週間後の先週の土曜日、つまり九日に、客の男性が写真を受け取りに来ました。ところがプリントの段階で手違いがあったようで、二十枚分のほうはちゃんとできていたんですが、三枚プリントされるはずだったほうは元の写真を誰かがどこかに置き忘れてしまったとか。客はひどく困っていたそうですが——」

「その客は何という名前でしたか?」パーブライトが口を挟んだ。

「ちょっとお待ちください……ドーヴァーです。D《ディー》―o《オー》―v《ヴィ》―e《イー》―r《アール》」

「住所は?」

「フラックス・バラ、ステーション街、十八番地です」

「分かりました」

「それでとりあえず客はできている分だけ持って、女性の店員に、もう一枚の写真が見つかったら、すぐにプリントして郵便で送るように言って帰りました。写真は見つかったんですが、それがきのうの午後でした。写真店で撮られた小さな写真で、額縁から外されたもののように見えます。写真はすぐにプリントの担当者の一人に渡されたんですが、その担当者が気づいたんです。パルグローヴ事件の検死審問の記事が載っていた『イヴニング・ポスト』の早版でたまたま見た写真と同じだということに。

その報告を受けたジョブリングが今日やって来て、我々に知らせたというわけです。その写真も手元にあります」

「新聞の写真に似ているという点について、そちらではどうお考えですか?」パーブライトが尋ねた。

「ああそれなら、間違いなく同じ女性です。我々がイヴニング・ポスト社でオリジナルの写真と確認済みです」

「二十回もプリントする価値があると思われたほうの人物についても、どなたかご存知ではないかと期待するのは、高望みでしょうか？」

「警視が質問したはずですが、ジョブリングは我々に話した以上のことは何も知りませんでした。プリント作業の場合は、撮影の仕事の時のような記録は残していないそうです」

パーブライトは電話を終える前に感謝と賛辞を述べるとともに、部下のラブ巡査部長が日の暮れないうちにノッティンガムに赴く旨を伝えた。ギャロンかギャリオン巡査部長は、それではお待ちしていますと言った。

「次の列車に乗ったほうがいいよ、シッド。そうすれば、写真店が閉まる前に着けるだろう」

「写真店て、何ですか？　どこへ行くんですか？」

「今、説明する」パーブライトは説明をしてから、こう言った。

「次の二点は忘れずにしてきてくれ。受付の女性に、そのドーヴァーという人物は男性でミセス・パルグローヴではなかったことに間違いはないか訊いてほしい――私としては、ミセス・パルグローヴだろうと思っているのだが。それから、二十枚プリントしたほうの写真について、誰か少しでも何か覚えていないか確認してくれ」

「一泊したほうがいいですか？」ラブは、是が非でも一泊したいようには見えなかった。

「その必要はない。確か、十時頃に帰りの列車があるはずだ」

ラブはドアを開けた。「彼女に知らせないと」ラブが去り際に言った。

「ああ、そうしたまえ」パーブライトは、ラブがフィアンセに超過勤務を伝えなければと言うたびに気が咎める段階は、とうに過ぎていた。ラブの「彼女」は現在三十三歳で、九年のあいだ、婚約に至らない状態に耐えてきた。したがってパーブライトは、ラブの心配そうな様子から残業を数時間しただけで関係が破綻するかもしれないと気遣うことは、しないで済むようになっていた。

*

ミセス・ドリーン・ブッカーは三時過ぎにパーブライトのオフィスに現われた。パーブライトはまず初めに、彼女の頑丈そうだが形の良い脚に気がついた。次に、彼女が緊張のあまり呼吸が浅くなりがちなことに、三つ目に、わずかに引っ込んだ小さな顎が、胸の大きな女性によく見られるように柔らかな白い喉と一体になっていることに、そして四つ目に、腰を下ろして薄い灰色の夏用コートの前ボタンを外した時に、顎と喉からパーブライトが推測したとおりだったことに、気がついた。

顔はどちらかと言えば肉付きがよい美人だった。ふっくらとした、やや短気に見える口と、不安から大胆へ、喜びから自己憐憫へと容易に切り替わりそうな目をしている。コートの下にはマリーゴールド色のウールの短いワンピースを着ていた。身体にぴったり沿っていたために、かすかな畝《うね》は下のガードルのしわだと分かった。彼女の左手がその畝に伸びて平らにしようと撫でていたが、やがて畝を隠すようにコートの前を合わせた。

パーブライトは彼女に紙巻きタバコを勧めた。彼女は警察署での礼儀作法に自信がないかのように、ためらいがちに手に取った。パーブライトは机を回って、彼女のタバコに火を点けた。

「ありがとうございます」オフィスに入って来て以来、彼女が初めて口にした言葉だった。彼女は戸惑った様子で不安そうに、パーブライトの前置きに耳を傾けていた――不幸な出来事のこと、火曜の夜のこと、必要な調査、ミスター・レナード・パルグローヴのこと、極秘であること。

彼女は難しい仕事を前にしているかのように眉を寄せながら、タバコを深く吸い込んだ。スープを吹いて冷ます時のような長く煙を吐く音が、はっきり聞こえた。パーブライトはパルグローヴのことが頭をよぎった。彼女は無意識に彼の仕草を真似ているのだろうか？

「ミスター・パルグローヴをよくご存じですよね？　ミセス・ブッカー」

「ええまあ、そうですね」

「知り合ってどのくらいになりますか？」

「それほど長くはありません。一年ほどです」

「でも親しいんですよね？　親密ですよね？」彼女が目を憤りの目に切り替えようとしているのが分かった。「ああ、失礼。ただ、そういった基本的な状況を把握しないと、有益な話ができないので。他人の道徳観について私がいちいちこだわる人間だとは思わないでいただきたい。私は気にしていません。人が事実を突き止めようとしている時、そういった無意味なことに使う時間はないんです。ところで、『親密な』という警察裁判所の気分の悪い用語はお気になさらずに。言い換えれば、おふたりはお互いのことが好きで、折があれば愛し合いたいと思っている――そういう状況ですね？」

彼女は机のかどをじっと見つめながら、舌先で唇をなめた。彼女が頷いた。パーブライトは内心、ほっと胸をなで下ろした。幸運なパーブライト神父。まだ聖位を剝奪されずに済んだ。

「ミスター・パルグローヴは奥さんに、ほかに愛している人がいることを話していましたか？」

彼女は驚いてパーブライトの顔を見返した。「とんでもない！　彼は絶対に話してはいません」

「ミセス・パルグローヴには会ったことがありますか？」

「ええ、一度か二度は。彼女は幾つかキングズリーと同じ委員会のメンバーでしたから」

「キングズリー？」

「私の夫です。ですから、園遊会とかバザーのような時に会いました」

「その時にはミスター・パルグローヴもいましたか？」

「確か一度だけは。レンは、そういうことが好きじゃないんです」

「自宅にいるミスター・パルグローヴに電話をしたことはありますか？」

彼女は考えながら、手のタバコを真っ直ぐに立てて周囲を見回した。パーブライトが灰皿を机の端に押しやると、彼女はその中に灰の柱を逆さに倒した。「いいえ、ないと思います」彼女がようやく答えた。「家には電話していません。私たちはいつも気をつけていましたから」

「あなたがミスター・パルグローヴと何か話し合っている時に彼の奥さんが小耳に挟んだ可能性は、一度もなかったですか？　よく考えてください、ミセス・ブッカー」

彼女は首を横に振った。「どうしてそんなことを私に訊くんです？」

パーブライトは黙ったまま相手を見つめた。ミセス・ブッカーの口のまわりが、かすかにピクピクと動いていた。

「彼女は……もしかして彼女は……」

「彼女が何ですか？　ミセス・ブッカー」

ミセス・ブッカーは手元を見下ろした。手はコートの端を握り締めていた。

「自殺したんでしょうか……?」

「いいえ、我々は、そうは思っていません」

それを聞くと同時に、彼女は顔を上げた。ほっとした表情だったが、まだ信じ切れてはいない様子だった。

「我々は、殺害されたと考えています」

彼女の握り締めた手が、殴打する握り拳《こぶし》のように口元に当てられた。「まあ、そんな!」血の気が引いてゆき、紙のように白い肌の上で化粧が際立った。

再度「まあ、そんな!」という、ほとんど聞き取れない声が、喉の奥から発せられた。

パーブライトは身を乗り出した。手にしていたボールペンを親指と人差し指のあいだで、ゆっくり回していた。静かな声でパーブライトが尋ねた。「どうしてそういうことになったとお思いですか? ミセス・ブッカー」

ミセス・ブッカーには聞こえていないようだった。使い古されて傷が付いた机の、化粧板の一枚の中央にあるインクの染みを、彼女はじっと見つめていた。

「誰の仕業か全く分からないわけではないんですね?」パーブライトの問いは、なだめるような口調だった。ミセス・ブッカーは気がつくと、ゆっくりと絶望的に自分の頭の動きで「分からないわけではない」と示していた。そうしようと思ってしたのか、自分でもはっきりしなかった。

「彼がそうするかもしれないことは分かっていたんですか? 彼がそうするつもりだということを」

「いいえ」というささやきが彼女の口から洩れた。

「でも、彼はその晩、あなたと会ったんですよね? 彼は、コテージに出かけたと言っています」

「私はコテージには行きませんでした。行けなかったんです……コテージには」

「だが会うように示し合わせてはいたのですね？」

「ええ」彼女は、うなだれたままだった。微動だにせず、インクの染みに目をやりながらも自分の心の中の一場面を見つめていた。

ふと彼女が顔を上げた。「自殺でないということは、分かってはいないのですよね。つまり、断定はできませんよね。できるはずがありません。レンは絶対に――」。

「残念ですが、ミセス・ブッカー。その点については、我々は絶対的に確信しています」

「彼女は変わった人でした。ご存じでしょうが……片意地で、気分屋でした。おそらく彼女は気づいたんです。私とレンのことに」

「ええ、気づいていました」

ミセス・ブッカーはパーブライトの顔をまじまじと見つめた。

「ミセス・パルグローヴは亡くなる二日前に手紙を書いています。それによると、彼女は自分の殺害計画のことを知っていました。計画の相談を実際に耳にしたそうです」

ミセス・ブッカーの顔が恐怖でこわばり、歪み、目が大きく見開かれた。「いいえ……違います！そんなはずはありません……」馬鹿馬鹿しいといった作り笑いは、むしろ、苦しみに満ちた薄ら笑いに見えた。「彼女は頭が変だったのよ。正気じゃなかったんだわ！」

「その手紙は我々の手元にあり、そこに、私が今話したことが書いてあります」

「その件は何も知りません。それは私のことではありません。火曜の晩は、こちらにはいませんでした。ノッティンガムにいたんです。ホテルに。友人が証言してくれます。私と一緒にいたので。ベティ・フォスターです。ベティに訊いてください。住所はクィーンズ街の二十八番地です。ベティが答えてくれます。私の夫にも訊いてください。駅で見送ってくれたので。ホテルの勘定書も持っています。これです……ちょっと待ってください……。あ、そうだったわ。家にあります。お見せします。持ってきます。それからベティにも会って、それから……」

パーブライトは、彼女が不安なあまりに次々と些細な事柄が口をついて出てくるのを気の毒に思いながら、話が終わるのを待った。ようやく口を閉じた彼女は、みすぼらしく、疲れ果てて見えた。

パーブライトは署内食堂に電話をかけた。二分後に訓練生の一人がカップに注いだ紅茶を持ってきた。パーブライトはミセス・ブッカーに紅茶を手渡し、タバコを勧めた。

「ご主人には話しましたか？」パーブライトは優しく尋ねた。

恐怖が再び彼女を襲った。「警察が主人に知らせる必要はないでしょう？　お願いです！」

パーブライトは肩をすくめ、質問して申し訳なかったとは思わないようにした。「ご主人が知った際の心の準備をしておいたほうがいいでしょう。もう私がどうにかできる状況ではないので」

「そうなんですか」物思いに沈みながら、彼女は紅茶を口にした。カップを口の高さまでは持ち上げず、頭を斜め下に突き出して飲んでいた。そのぎこちない様子は、牛のようにのっそりしていた。パーブライトは、ミセス・パルグローヴの手紙が暗示していた事柄の一つを初めて受け入れがたく感じている自分に気づいた。共謀？　パーブライトには、この女性にそれができるとは、とても思えなかった。もしも結託して殺人を犯したのであれば、もっとましな筋立てを用意して来たはずだ。パーブライトは、ミセス・ブッカーが愛人のアリバイを証言するものと思っていた。「あら、でも彼は一晩中、私と一緒にいたんですよ、警部さん――ふたりのささやかな愛の巣で」というように。その結果、状況は難しくなっていただろう。イギリスの陪審は、証人席で自分の社会的地位を犠牲にまでする人間は真実を語っているに違いないと考えがちだ。ところが、ドリーン・ブッカーはそうはせずに、ノッティンガムに一泊旅行していたという立証可能な——パーブライトはそう確信した——筋立てを持って現われた。レナード・パルグローヴは今や孤立無援だ。あとは法律に則って真実が明かされるだけだ。

ミセス・ブッカーは、空になったカップを机に置いた。

「レンと話をしても構いませんか?」

「私には、それを止めることはできません。おふたりとも、今のところは自由の身ですから」

「でも、もしもあなたが彼を逮捕して——」

「私は誰かを逮捕するとは一言も言っていませんよ、ミセス・ブッカー」

彼女はたちまち、わけが分からなくなって恥ずかしそうに見えた。パーブライトは、彼自身の立場を守る作り話はそのままに、どう言えば彼女が理解できるだろうか考えた。あくまでも単なる審判員のふりをするというルールを遵守しなければならないこの仕事が、つくづく嫌になった。ルールは彼を守るのみならず、彼に権限をも——公務の正当性に守られながら法律上の詭弁や脅しのあらゆる手口を使う権限をも——与えていた。もう、うんざりだ……。

「いいですか」パーブライトが言った。「口外しないでいただきたいのですが、おそらく彼は明日、告発されるでしょう。まだ二、三、調べる必要はありますが、調べたところで、ミスター・パルグローヴの助けにはならないと思います。そういう状況なんです、ミセス・ブッカー。私があなたにできそうな忠告は、彼に近づかないようにということだけです。とにかく当分のあいだは」

ミセス・ブッカーが帰ったあとで、パーブライトは自分用に紅茶を頼んだ。紅茶は一パイントのマグカップに入って、原因が察せられる素早さで届いた（「十二分《じゅうにぶん》に紅茶沸かしに入っていた紅茶」と、署を訪れた法廷弁護士がかつて形容したことがある）。パーブライトは肘の脇にマグを置いてから、「親愛なる友へ」で始まるミセス・パルグローヴの手紙を広げ、じっくりと注意深く読んだ。

親愛なる友へ

緊急のお願いです。私は今、大きな危険にさらされています。私としてはずっと誠意ある忠実な伴侶たり続けてきた――そして今でも私の一生を捧げている――ひとが、私を亡き者にしようとしているのです。彼が心変わりするなど到底信じられませんが、計画の相談を耳にしたからには、どれほど不本意でも信じるほかはありません。彼らは私が何も知らないと思っています。もちろん、私は知っていますとも！　私が邪魔なことは伝わってきます。私は、不平も言わずに誠意を尽くしてきたことへの見返りに殺されるのです。食べ物に毒薬を入れられるのか……素早く注射されるのか……あるいは溺死するまで愛する人の手で水の中に抑えつけられるのか……親愛なる友のあなたの助けが得られなければ、私はそのいずれかの恐ろしい運命に襲われるでしょう。あなたに助けていただく方法は追って詳しくお知らせします。この手紙には――理由はお分かりのとおり――署名はできませんが、あなたが心を動かしてくださることを願って、私の写真を同封します。

タール色の紅茶の最初の二、三口における渋みのせいだろうか、パーブライトは、今まで幾度か読んだ時には気づかなかった何かを感じた。それが何なのかを見極め、この新たな懸念の理由を特定しようとした。柄にもない言い回しでもあるだろうか？　だが、それが分かるほど故人の性格を理解してはいない。手紙の調子が感情的なことから見て、女性っぽい手紙であるのは確かだ。間違いなくヒステリーの気味がある。それも、夢想ヒステリーの――そういうものがあればだが。この手紙が本人のものでないことを示す何かは見当たらない。それに、鑑識で調べはついている。この手紙は、家から出てきたほかの書状と同じタイプライターで、同じ人物――ミセス・パルグローヴであることに疑う余地はない――によって打たれたものだ。

この手紙で驚くのは、当然ながら、不思議なほど正確な予測だった。《愛する人の手で》溺死させられる……この点で、この可哀想な女性は書いたとおりになった。パルグローヴは、実際にこういうことを言って彼女を脅していたのか？　いや、面と向かっては言っていないようだ……《彼らは私が何も知らないと思っています》。共謀の件はどうだ？　だがドリーン・ブッカーとでないのならば、誰とだ？　気の多いパリーには、ほかにも女性がいるのか？　《注射》……《毒薬》……。彼は事業での評価は間違いなく高い。人の姿をした悪魔、シッドならそう言いそうだ（遅かれ早かれ、きっとそう言うだろう）。恐怖と隣り合わせで暮らすことを思うと……しかもその恐怖が……。

突如パーブライトは悟った。何が奇妙なのかを。

大げさな言い回しや人騒がせな非難にもかかわらず、この手紙はどういうわけか、現実に危険が差し迫っているという説得力に欠ける。あまりに文学的で、あまりに周到に書かれている。ピリオドやコンマなどの使い方まで落ちがない。

これは、恐怖に怯えている女性が書いた手紙ではない。

第十四章

ステーション街にある、まるで店主を囲って建てたかと思うほど小さなその店で、洋ナシ型の店主は、警察の警部が来ても全く驚いた様子を見せなかった。良心が麻痺していたからでも、長年そらとぼけてきたからでもない。パーブライトが凶器を手にした強盗であっても、あるいはローマ教皇や一糸まとわぬ女性であったとしても、店主は同じように平静だっただろう。実は、店主は巨体で店は小さすぎたために、店主のいかなる感情の表明であれ、雪の積もったアルプス山中でピストルを撃つのと同じぐらい向こう見ずな行動に思われた。

「ある写真に興味がありまして」パーブライトは名前と身分を名乗ったあとで言った。

「写真?」その言葉は、店主の次の呼吸に乗ってカウンター越しにパーブライトまで吹かれてきた。微風に運ばれるささやきといったところだ。微風が止んだ。見ると店主が息を吸い込んでいた。「扱っていないがね――」という答えが吹かれてきて「――その種のものは」のあとで、また風が凪いだ。

次の二呼吸《ふた》は手ぶらで届いた。やがて、「そんなことを訊きに――」と来て、「――やって来るとはな」と最後の分割分が続いた。

パーブライトは腹が立って顔をしかめたが、言い返す上手い言葉を思いつく前に、カウンター越しの風がまた吹いてきた。

「ほら――」何かがドサッとパーブライトの前に落ちた。「これしかないよ」

パーブライトが見下ろすと、胸が大きくなさそうな若い女性が『ソースィー・ピクス・マガジン』の表紙からパーブライトに色目を使っていた。

「誤解が生じているようです」パーブライトは洋ナシ型の店主に厳しい口調で言った。「私が訊きたいのは、ノッティンガムの写真店に写真を三枚プリントするよう注文した人物がここの住所を教えていった件です」

「どういう類いの――プリントなんだね？」

「こういう類いでないのは確かです」パーブライトは『ソースィー・ピクス・マガジン』を返した。

店主はほんのわずかだが、ほっとしたように見えた。「プリントの注文主はドーヴァーと名乗ったそうで、あなたの名前でないのは分かっていますが、ミスター・ドーヴァーとはどういう人物で、どこに行けば会えるのか知りたいのです」

「思うに――ドーヴァーというのは――本名じゃないな。えーと――時々――見かけはするが――」

店主は注意を払いながら首を横に振った。そんなちょっとした動作でさえ、空気の震えがカウンターを越えて伝わってきた。

「彼はどうして、こちらの住所を言ったんでしょう？」

「郵便物とか用の――便宜上の住所だよ。週単位で随分――払ってくれている」

「それでは、その男性宛の手紙が届くんですね？」

この質問には特に答えを空輸することもないと店主は思ったようだ。そこで、パーブライトは質問を続けた。「今、何か届いていますか？」

店主は下を見ずにカウンターの下を手探りして、封筒を引っ張り出した。三呼吸のあいだためらってから、店主は封筒をパーブライトに手渡した。

パーブライトは封筒を開け、一緒に折りたたまれた二枚の紙を取り出した。

「なあ、あんた――」

パーブライトは紙を広げて読み始めた。

「そんなことをして――」

パーブライトは、もっと日の光が当たるように紙を動かした。

「――いいのかい？」

しばらくしてパーブライトが顔を上げた。「モーティマー・ハイヴという男性をご存じですか？」

唸り声で否定の答えが返ってきた。

パーブライトは紙を封筒に戻してポケットに入れた。

「心配はいりません」パーブライトが言った。「ミスター・ドーヴァーに会った時に、この手紙は私の責任において持ち帰ったと説明しますから。その前に彼が来たら、私のことを話してください」

パーブライトは愛想良く会釈して、その場をあとにした。

＊

「フラックス・バラ及び東部諸州慈善団体連合」の事務局長のオフィスで、ミスター・ハイヴは壁に掛けられた絵を暗い気持ちで一枚ずつ見て回っていた。彼は手にしたティーカップから、時おり上の空でただ漫然と飲み物を口にした。やがて彼は、パブの踏み段にいる女の子の絵の前に長いあいだ立ち止まっていた。その子の顔はどこか、スリー・クラウンズ・ホテルの女性バーテンダーに似ていた。彼は溜息をついてから、今度は餓死しかけているグレーハウンドをじっと見つめ始めた。

彼の背後で、ミス・ティータイムの優しいが毅然とした声がした。「自分を哀れむのはおやめなさいと言っているでしょう、モーティマー。ロンドンに戻る必要はありません。それは百パーセント、あなた自身が決めることです」

「約束させられたんです」ハイヴが不機嫌に言った。

「馬鹿馬鹿しい。依頼された仕事は終わったんですよ。町を出ろとあなたに命令する権利など、もうその人にはないでしょう。まるで自分のポニーが不名誉にひどい扱いを受けた、アメリカの保安官のようだわね」

「とはいっても、約束してしまったので」ハイヴはグレーハウンドの目を、眉を寄せて入念に見ていた。「金の便宜を図ってもらう代わりに」

「お金のことなら、私に言ってくれればよかったのに」ミス・ティータイムはとがめる口調ではあったが、あっさりと言った。そして、さらに晴れやかに続けた。「あるいは、ミスター・パーブライトなら何とかしてくれたでしょうに」

ハイヴは贈呈された懐中時計を取り出して言った。「ミスター・パーブライトには会わずに行きます」

「モーティマー！　もう、こうなった以上だめですよ。私はミスター・パーブライトに約束したんです、あなたに会わせると。その約束を破りたくはありません。少なくとも彼の話をお聞きなさい」

「本当に警察官なんですか？　ルーシー」ハイヴは、叩かれているロバの絵の前に移動した。黒い顎ひげの男に虐待されているロバに、自分を重ね合わせているかのようだ。

「ミスター・パーブライトは、いわゆる警察官とは違うんですよ。とてもチャーミングで、私が望み、信じるとおりの、そつのない現実的な性格の男性です。すでに私のひいきの慈善団体に献金もしてくださってね」

「彼はきっと、マクナマラおじさんのことは知りませんよね」ハイヴは、ロバを見つめたまま言った。彼はティーカップを掲げて、そのロバの健康を、というよりも今残っている健康を祝福して乾杯した。

「ミスター・パーブライトが私たちの有能な投資業務部長に興味をもたなければならない理由はないですからね。目下、警部はミセス・パルグローヴの件の捜査に忙しくて、慈善団体の登録手続云々を気にしているどころではありません。ちなみに彼は、クイド・プロ・クオ（「何かのための何か」という意味のラテン語［quid pro quo］で、「代償」の意）の魅力に無関心ではないですよ」

ハイヴは壁から向き直った。眉を寄せていた。「ミセス・パルグローヴ……？　どのミセス・パルグローヴですか？」

「もちろん、かの有名なミセス・パルグローヴです」

「夫はレナードという名前ですか？　工場か何かを所有している？」

ミス・ティータイムが頷いた。「彼女は溺死したんですよ。新聞で読まなかったかしら？」

「驚いたなあ」ハイヴがテーブルに来て腰を下ろした。「レナードは、私が依頼された件の浮気相手なんです。というか、そうなるところだったというか」

「今回の依頼の件の？」

「そうです」

「あらあら、世間は何て狭いんでしょう！」

「彼が私に会いたがるのも当然ですね。この町の警官なら」

「親切にしてさしあげるんですよ。いいですね」

「会うとは言っていませんが」

ミス・ティータイムは微笑んだ。「でも、会うでしょう？」

ハイヴは着ているウエストの締まったマッシュルーム色の長いコートのベルベット襟を手で払い、両肩を少しよじってコートを身体にぴったり合わせた。ハイヴの動きが、しばし止まった。やがてボタンを慎重に外してコートを脱ぎ、細心の注意を払って椅子の背に掛けた。

「それで結構。人付き合いは大切ですからね」

ハイヴは腰を下ろした。ミス・ティータイムはビスケット・バレルからウィスキーのボトルを取り出し、ティーカップを渡すよう、ハイヴに手で合図した。

＊

ノッティンガムでは雨が降っていた。

ラブ巡査部長のためにノッティンガム警察本部内は、普通は迷子のために取っておく騒動になっていた。椅子やら、甘くて熱い紅茶やら、彼の地元のサッカー・チームに関する元気付けの質問やら、鉛筆書きの大きくて鮮明な文字で道順が記された紙やらが提供された。ラブはその場を去るのが、とても残念になっていた。ラブを去らせていいものだろうかと彼の世話係たちがまだ心配していたと、もしもラブが知ってさえいたら。だがラブは、そうとは知らなかった。彼は、純粋で気性の穏やかな十四歳の生徒のような顔のおかげで三十六歳の今になっても大切に扱われていることを、自覚していなかった。

雨支度は何も持ってきていなかったが、ラブは写真店に行くのにタクシーには乗らなかった。一つには、タクシーに乗ることがクレーム・ド・マーント（ミント風味の甘口リキュール）や敷物を敷いた洗面所同様に少し罪深い贅沢に思われたからであり、また一つには、ショーウィンドーを覗くのが楽しかったからだ。目的地までは十五分かかり、肩や靴やズボンがずぶ濡れにはなったが、それでもラブは、この倍は歩きたかったという思いだったろう。ところが写真店に入って「やあ、きみ。いらっしゃい。今日はどういう用件かね？」と言われた途端に、それまでの幸福感が、立てた襟からの水とともに滴り落ちた。ラブはできるだけ厳《いか》めしい口調で自分の年齢と身分の過小評価を正し、経営者に会いたいと告げた。

中年のミスター・ジョブリングは、警官の若々しさに驚いた様子を見せることは、迫り来る老いの典型的症状だと心得ていた。そこで彼は内心の思いを隠して、せっせとラブに協力した。ジョブリングはラブの指示に従って、謎の人物ドーヴァーと彼の注文に関して何であれ思い出せそうな三人の店員全員を、順次ラブに会わせた。

一人目は穏やかな目をした短くて白い縮れ髪の監督主任で、やって来た旅人を手助けしたいという、僧院長と同様の願いを抱いているのが分かった。しかし、その願いよりも、記憶の神々しい空白状態のほうがまさっていた。その男性が謝りながら立ち去るのを見て、ラブは、かつて公然猥褻罪の取り調べで訪れた修道院を思い出した。

次にやって来たのは、ミセス・パルグローヴの写真だと気づいたプリント担当部署の男性だった。小柄で顔の彫りが深く、機敏で用心深そうに見えた。彼はこう言った。いいえ、もう一枚のほうは担当しませんでした。でも、枚数が――今二十枚っておっしゃいましたか?――そっちは先週プリントが済んだことは覚えています。オリジナルの写真はよく見ていません。プリントをしたのはモーガンだと思います。

モーガンは、ジョブリングの説明によると、イタリアでの二週間の休暇に出かけたばかりだという。

「運がいいですね」とラブが言い、周囲もみな同意した。

最後は、受付のアシスタントのミス・ジャシンダ・エヴァンソンだった。ラブは、ミス・エヴァンソンがジョブリングの狭いオフィスに入って来るや、彼女に微笑みかけた。魅力的だ、とラブは思った。愛くるしい。彼女は微笑み返したあとで目を伏せた。ラブは二つのうちのどちらが――微笑みか、それとも、つつましさの現われか――自分は好みなのか分からなかった。ラブは後者に敬意を表し、見た目が愛らしい女性は概してわがままになりがちなことから、曖昧ながら後者を上位に置いた。それに、ミス・エヴァンソンの袖を押さえるゴムバンドは、いただけないと思った。それでも、彼女の上品な卵形の顔、可愛いらしい肩、光り輝く黒いダリアの花束のような髪は、相変わらず喜んで見つめていた。

「覚えているどころか、しっかり覚えています」ミス・エヴァンソンが言った。「嫌な感じでした。とても威張っていて」

〈嫌なやつなのか〉ラブは心の中で拳を握ってつぶやいた。「だから、その人のことを覚えているんですね?」

「それだけじゃありません。写真の件もあったんで、覚えているんです」

「女性の写真ですか？」

「いいえ、もう一枚のほうです。ちゃんとした写真じゃなかったんです。雑誌か何かから切り抜いたものでした。それで、これは上手くはプリントできないと思うと言ったら、なぜだと訊くので、これはちゃんとした写真ではありません、ほら、いわゆる網版による複製です、ですから、あまり鮮明にはプリントできないと思いますって言いました。そしたら、でもとにかくプリントしてほしい、講義はもういいから、すぐに始めてくれないかって言ったんです。そこで私は言いました。ではご希望どおりにしますが、不鮮明でも私に文句を言わないでくださいよって」

〈よくぞ言った！〉ラブは心の中で拍手喝采した。「そいつがどんな男だったか説明していただけますか？　ミス・エヴァンソン」――〈そいつ〉と呼べば、彼女は喜ぶはずだ。

「えーと、さっき言ったように……威張っていて、嫌みな男でした。二度目に来た時なんて、ものすごくぶしつけでした。写真が片方、見当たらなかった時です」

「分かりました。ところで、外見はどんな風でしたか？」

彼女は顔をしかめながら考えていた。「えーと……」彼女は肩をすくめた。「これといった特徴はあんまりなくて。中年になりたての感じで、背は高くなく、ちょっと締まりがなくて……ああ、それから目が突き出ていました……そうでした。スーツにはアイロンがかかっていたと思います」

「目の色は？」

「ああ、分かりません。あんまり気に留まらなかったので」

その言葉が内心嬉しくて、ラブは「目、泥色」と書き留めた。

ラブが顔を上げて尋ねた。「髪は？」

「それも気がつきませんでした。ふさふさしていたのかどうか」彼女の声には、ほんの少し面白がっている風情が漂っていた。

「髪、薄い、色はネズミ色」ラブはそう書いてから鉛筆を上げて、さりげなく自分の豊かな髪の生え際をなぞった。「何かほかに覚えていることはありますか？」

彼女は、ありませんと答え、椅子から立ち上がりかけた。

「ちょっと待ってください、ミス・エヴァンソン……」（ラブは、毛はふさふさしているし威張る人間ではないが、警官ぶるところはあった）「……あと一つ、彼がプリントを二十枚注文した写真について質問があります。その写真に映っていたのはどんな人物か教えていただけますか？」

「ええ、でも」――彼女はラブが間違ったことを書き留めないように、急いで身を乗り出した――「人間じゃありません。犬でした」

ラブは目をぱちくりさせた。「何ですって？」

「犬です。毛むくじゃらの小さな犬で、ちんちんをしていました」

第十五章

パーブライト警部は、勿忘草《わすれなぐさ》の花模様が描かれた薄い磁器のカップから紅茶を飲んでいた。一口目の時に、かすかにアルコール飲料の不思議な香りがするような気がしたが、その香りは次第に薄れたようだ。

「あなたの今の話は」と、パーブライトは向かいに座っているミスター・ハイヴに言った。「非常に興味深い話です。本当に間違いありませんか、あなたが今ではパルグローヴと分かっているその男性が、あなたが監視しているあいだずっと、つまり十時半以降、コテージから出なかったというのは」

「間違いありません」

ハイヴは、初めは幾らか落ち着かない様子だったが、パーブライトの質問に対する彼の答えは徐々に自信たっぷりになっていた。ハイヴは今では明らかに楽しんでいた。

ミス・ティータイムは仲裁人のようにふたりの脇に座っていたが、紅茶のお代わりを差し出す以外に介入する必要はなかった。自分の二人の良き友人が互いに好感をもったことが、ミス・ティータイムにはとても嬉しかった。

「彼は一度も部屋を出なかったんですか?」パーブライトが尋ねた。

「二度だけ出ました。たぶん、セント・ポール教会のことで人に会いに（to see a man about St Paul's）」

「何をしにですって？」

「小便をしにですよ、警部」ミス・ティータイムが小声で教えてくれた。（もとの慣用句は「to see a man about a dog［あるいはhorse］」。トイレなど言いにくい目的で席を外す際に使われる）

「それではミスター・ハイヴ、その晩の十時半から翌三時まで、パルグローヴがフラックス・バラの自宅に行った可能性はないんですね」

「可能性はゼロです」

パーブライトは溜息をついた。「良心的な私立探偵に監視されると、いいことがあるようですね。ミスター・パルグローヴは実に幸運な男だ」

「つまり、彼はミセス・パルグローヴ殺害の容疑で逮捕されるところだったのかしら？」ミス・ティータイムは驚いた様子だった。

「その可能性があったということです」

ミス・ティータイムは手を伸ばして、ハイヴの腕を軽く叩いた。「ほらね、モーティマー。私の言うことを聞いてロンドンに急いで戻らなくて、よかったでしょ？」

ハイヴは、まごついたような笑みを浮かべた。パーブライトがそれに気づいた。「もっと前に戻る予定だったんですか？」

「実は、きのう戻るつもりだったんです。ところが、反対引力がいろいろあって」

「その引力は、まず衰えませんよ。まだ、あなたにいてもらわないと」

「いえいえ……明日は戻らねばなりません。この町を去るのはとても寂しいのですが、本当に戻らないと」

「きっと、あと数時間ほど延ばしても、たいして違いはありません。言っていたではないですか、ここでの仕事は思ったよりも早く終わったと」

ハイヴは落ち着かなそうに見えた。「話の腰を折るつもりはないんですが、私が最優先すべきは私の依頼人なので」

「パルグローヴを監視するためにあなたを雇った男性のことですか？」

「その男性の奥さんとパルグローヴの監視のためです」

「だが、その男性はもう、あなたの依頼人じゃないですよね」

「報酬を全額支払ってもらうまでは、依頼人です」

「モーティマーったら愚かにも、その男と約束をしてしまったんですよ」ミス・ティータイムが口を挟んだ。「明日までにフラックス・バラを出ることに同意したんです」

「その男性がなぜあなたに町を出て行ってほしかったのか、分かりますか？」

その点について何も考えなかったのはおよそ探偵らしからぬことだったと認めるのが嫌で、ハイヴは黙っていた。しかし、ミス・ティータイムは輝く視線をパーブライトに向けて言った。「でも、あなたは分かっているんですよね、警部。そうじゃありません？」

「ええ、まあ」パーブライトが静かな声で言った。

ミス・ティータイムは視線をハイヴに戻した。「あなたの務めですよ、モーティマー。警部に男の名前をお教えなさいな」

「ああ、いいんですよ」パーブライトが言った。「名前は分かっています。ブッカーです。キングズリー・ブッカー。グラマースクールの教師です。実はあなたも私も、ミスター・ハイヴ、先日の夜、学校で彼に会ったんですよね」パーブライトは一度言葉を切ってから言った。「覚えておいででしょう」

「ちゃんと覚えていますよ」ハイヴは少しむっとした様子で言った。「火曜日でした……あの晩、私が話したことは……」突然、ハイヴは顔をしかめた。「それはさておき……でも、どうしてあなたにブッカーだと分かったんですか？」

「彼の奥さんと話をしたんです」

「私は、そこまではしていません」ハイヴの口調には、食事制限で煮魚しか食べられない猟場管理人の恨めしさのようなものが漂っていた。

「そういえば、カメラは手元に戻ったんですか？」パーブライトが尋ねた。

「ええ。どこかの馬鹿者が戸棚に隠していたんです」

「それで車のほうは……誰があなたの車に細工したのか、分かりましたか？」

ハイヴは肩をすくめて言った。「住民の気性が荒い町なんでしょうね」そして付け加えた。「聖書に出てくるゴモラのように」

「いやいや、ミスター・ハイヴ。優秀な探偵のあなたには、それらが偶然の出来事ではないと、もう分かっているんですよね。どちらも、あなたをハムボーン・ダイクのコテージに行かせない周到な計画の一部だということを」

「ええ、えーと……」

「そして、その晩――よりによってその晩――学校でのあのパネリストのようなものに加わる結果になったのも計画のうちだったと、あなたは気づいた」

ハイヴは自分の頭の良さが見破られてしまったかというように、恐れ入りましたという身振りをした。

「そして、妨害にもかかわらず任務を続けたあなたが素っ気なく解任されたのは、計画どおりに進まなかったことに依頼人がうろたえたからだと、あなたは思ったに違いない」

「そうです」ハイヴが言った。

パーブライトは一息ついて紅茶で喉を潤し、考えた。パルグローヴが容疑者から除外されたことで溢れ出た後知恵《あとぢえ》は、この先どこへ向かうのだろうか。

パーブライトはミス・ティータイムの顔を見上げた。「あなたはミスター・ブッカーについて何をご存じですか?」

「私の印象では」と、しばし考えたあとでミス・ティータイムが言った。「どちらかと言うと気にさわる類いの口やかましい教師です。専門委員会のメンバーの中でも際立って、傲慢で、上品ぶっていて、格言好きで、偏屈で、野心的です。彼の無慈悲さは間違いなく、社会福祉分野でとんとん拍子に出世するタイプの無慈悲さですよ」

「動物好きなんですか?」

「そういえば、そうでした」

「だが」とパーブライトは付け足した。「『フラックス・バラ及び東部諸州慈善団体連合』の活動目的には共感しそうもないんですね?」

ミス・ティータイムは、これが茶目っ気のある質問だとは思わなかったようで、「本当に石頭なんですよ」とだけ言った。

「彼は正式には、どういう団体に関係しているんですか?」

「犬に関する団体です、大部分は」

「たとえば、『フォア・フット・ヘイヴン』とか?」

「そこの副会長です」

「それでは、ミセス・パルグローヴの協力者ということですね?」

「そうですね」

ふとパーブライトの脳裏に、ミセス・パルグローヴの訪問客を夫のレナードが列挙した際に言った——というよりも言いかけた——ことが蘇った。〈ああ、それから、教師で名前は……〉ここでレナードは大急ぎで説明の内容を〈保険関係の人間〉に変更した。そして言った。〈名前は思い出せない〉と。思い出せないと言うはずだ。自分の愛人の夫、ブッカーだったのだから。

パーブライトがハイヴに向かって言った。「火曜日の晩にミセス・ブッカーがコテージに来なかった時は驚きましたか?」

「それは驚きましたよ。とても入念に準備された密会でしたから。実に見事に準備されていました。ミセス・ブッカーはその晩、表向きはノッティンガムに一泊する予定でした……確か、お話ししましたよね?」

「その晩、彼女は実際に、そのノッティンガムで一泊したんです」

「そんな!」

「夫のブッカーが、彼女が友人と必ず列車に乗るようにしたんです。ブッカーは彼女を駅で見送ったんですよ」

ハイヴは怒りの混じった、信じられないという面持ちだった。職業倫理に反するブッカーの行為は、ハイヴには全く初めての経験だった。

「ああ」とパーブライトが言った。「あなたがすでに正しい推理に到達しているのは分かっています。あなたは、パルグローヴとドリーン・ブッカーの密会の詳しい手はずを前もって知るためにだけ、ブッカーに雇われた。ブッカーには分かっていた。土壇場でドリーンが密会の約束を守れないようにしさえすれば、パルグローヴはその晩――というよりもその晩の肝心な時刻に――コテージで足止めを食って、家で妻を殺害しなかったことを証明する手立てがないことを。ブッカーにとってさらに好都合なのは、パルグローヴならば自分の社会的地位を守るために必ず密会時刻のアリバイを――殺人事件の捜査が始まれば警察が崩さねばならないアリバイを――用意するにきまっていた。

　こうしてみると、中止してほしいのにあなたが粘り強く調査し続けたことでブッカーが戸惑った理由が分かりますね？　ミスター・ハイヴ」

　ハイヴはずっと、そのとおりだという分別ある表情で聴いていたが、最後になって顔をしかめた。

「実は、最初から謎だったのは」ハイヴが言った。「ブッカーがなぜミセス・パルグローヴに目を付けたのかという点でした。あれこれ考えたのですが、今一つ、理由が分かりません」

「いいこと、モーティマー」とミス・ティータイムが口を挟んだ。「もう、あなたの灯し火を升の下に隠すのはおやめなさい（新約聖書のマタイによる福音書五章十五節参照）。謙遜したところで、私はだませても、お若い賢明な警部はだませませんよ。ミスター・ブッカーがこんなことをした理由はすべて分かっていると認めなさいな。それとも、私が推理したら、当たっているかどうか教えてくれるかしら？」

　ハイヴは、パーブライトが勧めた紙巻きタバコを受け取って言った。「いいでしょう、ルーシー。

推理してみてください」

「さっき言ったように」ミス・ティータイムの推理が始まった。「私にはミスター・ブッカーが無慈悲な人間に思えるの。つまり、鈍感で、したがって他人への思いやりに欠けている。私は彼が傲慢だとも言いましたよね。傲慢さには、嫉妬や執念深さが付き物です。ミスター・ブッカーはこう思ったの。誰かが妻を奪った――よかろう、ならばその男も自分の妻を失うべきだ。ただし、その男は自分の妻をさして大事に思っていない。したがって、バランスをとるために追加の代償も払わせよう。殺人の有罪判決ほどふさわしく――準備に好都合な――代償があるだろうか、とね。ミスター・ブッカーのような紳士にとっては、特に愛らしくはないにしても全く罪のない一人の女性の命なんて、取るに足らないものなのよ」

ハイヴがパーブライトのほうにちらりと目をやると、パーブライトは思慮深く頷いた（パーブライトは、例の没収されたトランジスターラジオの件を考えていた）。

「満点ですよ、ルーシー」ハイヴが言った。

パーブライトも祝いの言葉を述べたが、ミス・ティータイムは大急ぎで、とんでもない、友人のモーティマーの頭の中にあることをそのまま伝えようとしただけだと応じた。

「よろしかったら」とパーブライトが言った。「もう一度、推察していただけませんか？――推察がお上手なようなので――ミセス・パルグローヴが何を思って、この手紙を書いたのか」

パーブライトは「親愛なる友へ」の手紙をミス・ティータイムに手渡した。

「読んでいただく前に申し上げておきますが、この手紙は、署名はありませんがミセス・パルグローヴの手紙に間違いありません。彼女を殺害したのは夫のパルグローヴだと考えていた時点では――幾つか言い回しに奇妙な点はありますが――この手紙は納得できました。だが今の状況では、そうはいきません。一体全体どうして彼女は、こんなものを書いたんでしょうか？」

　ミス・ティータイムは眼鏡を手に取った。眼鏡をかけた彼女はそれまで以上に優しそうに見えたが、よく見れば、レンズの奥で熱心な鋭い目が輝いていた。まるでヘンリー・ミラーの作品の一節を入念に調べている村の図書館員のようだ。

　ミス・ティータイムは読み終わると眼鏡を外し、パーブライトに真っ直ぐな視線を向けた。彼女は微笑んでいた。

「これはですね、警部。近頃よく見られる宣伝方法ですよ。もちろん慈善事業の分野でも、確か、ケイナイン・レスキュー・リーグ（「犬の救援連盟」の意）がつい先頃、これとほぼ同じ手法を使っていました。寄付金を求める、一風変わった方法です」

　ミス・ティータイムは眼鏡で便箋を軽く叩いた。「この手紙は、ある犬が――言わば、人間の都合で安楽死させられる危機にあるすべての犬を代表して――書いたという想定で作成されたものです。普通は、さらに強く心に訴えかけるために、その動物の写真が添付されています。時には手紙の最後にその動物の足跡が付いていて――誰しもそれには心を揺さぶられ、承諾せずにはいられないでしょう」

　自信をくじかれたパーブライトは、そんな様子を見せまいとした。「では、その手紙は、ミセス・パルグローヴの死とは何の関係もなかったんですね？　複数の人が、彼女が殺害されたその日にそれを受け取ったのも、ただの偶然だったんですね？」

「その判断を下すのは、あなたですよ、警部。私としては、ただの偶然だという判断には、どちらかと言えば慎重ですが」

パーブライトは、しばらく考えていた。やがて彼が言った。「確かなところは全く分かりませんが、この手紙を思いついたのはブッカーで、何部かタイプするよう彼がミセス・パルグローヴを説得したとも考えられます。そして、手紙の投函は自分が引き受けた。そうすれば、時期が来るまで手紙を手元に置いておき、添付してある写真を外して――ところで、留めていたピンの穴にお気づきでしょう――そのあとで、それらの手紙を、あるいはそのうちの数通を、自分の目的に最もかないそうな数人に送ることができたはずです。彼は最初、犬の写真をミセス・パルグローヴの写真に変えるつもりだったんだと思います。彼がノッティンガムの写真店に彼女の写真を三枚プリントするよう注文したことは調べがついていますが、店の手違いで、彼は予定の時刻に写真を受け取れなかったんです」

ミス・ティータイムは驚いたようにパーブライトの顔を見ていた。

「私たちに対して、とてもざっくばらんにお話しになるんですね、警部」彼女のこの意見は、明らかに問いかけだった。

「私がとても軽率だとおっしゃりたいんですね。そのとおりでしょう。だが私は今、仕事仲間に考えを打ち明けているつもりで、ミスター・ハイヴにこういう話をしているんです」

ハイヴは自分の指先に微笑みかけてから、すぐに指先で口ひげをなでた。

「要するに」とパーブライトは続けた。「私は大きな難題に直面しています。今必要なのはミスター・ブッカーの軽率な行動です、私のではなく。だが、どうすれば、彼に軽率な行動をとらせることができるのか？　彼が犯人だという今ある証拠はどれも、言わば、頼りないものばかりです。彼に白状させて、証拠固めをする必要があります」

しばらくは誰も何も言わなかった。

やがて、ハイヴが咳払いをしてから口を開いた。「たとえば……」

ほかの二人がハイヴの顔を見た。ハイヴの口が、また閉じた。彼は首を横に振り、残念ながらだめかというように顔をしかめた。

しかし、その後まもなく新たな考えが浮かび、ハイヴの顔が輝いた。彼は背筋を伸ばした。「実は、私がブッカーと最後に話した時、やつは私を脅したも同然だったんです。いえ、それどころか、実際に脅したんです。腹が立ちました」

ミス・ティータイムが心配そうな顔をした。パーブライトが尋ねた。「脅したとは、どんなふうに？」

「えーと、あれこれ言葉で脅したわけではないんです。でも、すごく感じが悪かった。後ろめたさからですね、間違いなく。私がやつをもう少し動揺させられれば――」

「あらまあ、気をつけなさいな、モーティマー」

ハイヴはミス・ティータイムの警告を手で払いのけ、紅茶セットの中央に置かれている電話に手を伸ばした。

「ちょっと待ってください」パーブライトが椅子から腰を浮かし、ハイヴの腕に手を置いた。「内線電話はありますか？」

「それが内線電話です」ミス・ティータイムが言った。「交換機は、階段の先の、一つおいて次の部屋にあります。今は誰もいないと思います」

パーブライトはハイヴに向かって言った。「行ってくるので、少し経ってから電話してください。

ブッカーが電話で何か秘密を漏らすことはないでしょうがね。とにかく会う約束を取り付けてください。そうすれば、こちらが準備をする時間ができるので」パーブライトはドアへ急いだ。

教えられたオフィスで、パーブライトは一回線の小さな交換機の受話器を取り上げた。ハイヴがかけた電話の呼び出し音が聞こえた。女性が出た。ドリーン・ブッカーの声だ。

「ミスター・ブッカーは、いらっしゃいますか?」

「どちらさまですか?」

「〈ヘイスティングズ〉と申します」

「あいにく、主人はまだ戻っておりません」

「もうすぐお帰りになるでしょうか?」

「しばらくあとになるかと。仕事で七時頃まで学校にいると思いますので」

「では、今はまだ学校におられるのですね?」

「そうですが、戻りましたら、そちらに――」

「実は、ちょっと急いでおりまして、ミセス・ブッカー。学校の電話番号を教えていただければ――」

パーブライトは受話器を元に戻し、次の電話がつながるのを待った。再び受話器に耳を澄ますと、ハイヴの呼吸音と、外された先方の受話器が放置されていると分かる、小さな遠い連続音だけが聞こえた。かなり長いあいだ、その状態が続いた。やがて、あわただしい足音に続いて、ドアの閉まる音、受話器を取り上げる音が聞こえた。

「ブッカーだが……」用心深い声だったが、とても苛立っていた。

「電話を切らないでください。とても重要な話なんです」

一瞬、間があった。

「誰だね?」

「〈ヘイスティングズ〉です――でも電話を切らないでください。急を要する用件があるんです」

また、間があった。パーブライトに、叫んでいる声がかすかに聞こえた。生徒たちの声のようだ。どこかで車のエンジンがかかる音がし、遠くでドアがバタンと閉まる音が反響した。

「聞いていますか?」

答えはない。

「〈ドーヴァー〉……聞いていますかと言ったんですが」

「分かった。用件は何だね?」ブッカーの声は、送話口に口を付けて話しているように聞こえた。唇の動きのない無愛想なつぶやきだった。

「分からないんですか?」パーブライトには、ハイヴがさりげなく適度な脅しの口調を心がけているのが感じられた。しかし、彼がその種のエキスパートでないことは、あまりにもはっきりしていた。

「金か? それなら、あの店にある。生徒に持っていかせた」

「金の話をしてるんじゃありません。〈フォークストン〉の件です」

「私には……何の話か分からん」

「〈フォークストン〉ですよ……私は、彼が誰だか知っています」

「そうなのか?」

「名前はパルグローヴ。奥さんは――」

「なあ、いいか、ハイヴ。私はもう、この件は気にしていないんだ。すべて水に流して、忘れ去った。そっちへの残金は、あの店に行って請求書を取って来たら、すぐに支払う。あるいは、よければいま金額を言えば、今晩すぐに小切手を投函する」

パーブライトは待っていたが、ハイヴはどう答えればいいか決めかねているようだった。

「それでいいか？」ブッカーが訊いた。

「それじゃあ、残金は八十五ギニーです。かなりいろいろと――」

「明日ロンドンに戻ったら、小切手が待っているだろう」

ハイヴは、また迷っていた。パーブライトは内心つぶやいた。ハイヴに、この役は無理だった。全く無理な――。

「だめだ」

ハイヴの声だった。急に毅然とした挑戦的な口調になっていた。

「それは、だめだ。私はタクシー運転手のように、金を払って終わりにされるつもりはない。そっちには、私に説明をする義務がある」

「説明って、何についてのだ？」

「何についてって、それは……よし、いいだろう、それは――あの可哀想な女性の殺人事件についてだ！」

パーブライトは受話器を耳にしっかり押し当てながら、空いている手で紙と鉛筆を急いで探した。それらを見つけてから、ずいぶん時が経ったような気がした。その間、電話の向こうの廊下の反響音以外は、何も聞こえてこなかった。

しばらくして、ブッカーの冷たい、感情を押し殺した声がした。

「こんな馬鹿げた話、いつまでも電話でやってはいられない。こっちに来たらどうかね。なんだったら今すぐにでも」

「もしもし……」ハイヴは何度か呼びかけた。返事は、なかった。

第十六章

パーブライトがミス・ティータイムのオフィスに戻ると、ハイヴは意気揚々といった様子だった。

「やあ、親愛なる警部！　聞いてましたか？」弧を描くような仕草が、電話を指した。「我々はいよいよ、先方の巣窟でやつのひげをつかむ（「捨て身で立ち向かう」の意）ことになりましたよ！」

「出鼻をくじきたくはないのですがね、ミスター・ハイヴ。あまり期待し過ぎてはいけません。ブッカーは、とても用意周到な紳士のようだ」

「私もミスター・ハイヴに、まさにそう言おうとしていたんですよ、警部」ミス・ティータイムが、カップや受け皿をひとところに集めながら言った。「しかも、ブッカーは臨機の才にも長けています」

彼女はパーブライトと目を合わせ、こっそりと首を小さく横に振った。その仕草はハイヴの身の安全を守ってほしいということだと、パーブライトは理解した。

「一つ、念を押しておきます」パーブライトがハイヴに言った。「あなたご自身のために言うのですが、性急にブッカーを挑発してはいけません。私は、怪しまれない程度に、できるだけあなたの近くにいます。私に聞こえるところで彼が自分に不利な話をすれば、それで結構。とにかくお願いですから、あなたを襲うとかそういう状況に、彼を追い込まないように」

ハイヴが笑みを浮かべた。「警部さん、今は自慢している場合じゃないですが、私がこれまで一度も危険な目に遭ったことがないとお思いなら、大間違いです。私もそれなりに名誉の負傷をしてきました。ここにいるルーシーに訊けば分かります」

「私は警部にそんな話をするつもりはありませんよ、モーティマー。ベッドルームでの傷もバールームでの傷も、この国では勲章の対象ではないですし、それらの傷ですら、あなたの場合は、とっくに癒えていますからね。あなたは活力だけは若いまま衰えていないから、それがもとで面倒に巻き込まれるんじゃないかと心配で」

「おやおや！　私を老《ふ》けさせようっていうんですか？」ハイヴは胸を張って続けた。「私は傭兵。そして、正義が」――彼は愛敬よくパーブライトのほうをちらりと見た――「私の新たな司令官！　私は今、その司令官のために八十五ギニーを放棄したわけかな？」

　突然、ハイヴが真面目な表情になった。「その分は裁判所が私に補償してくれるんでしょうか？　なにしろ、正当な手数料ですからね」

「既決重罪犯の財産に対して訴訟を起こせない道理はありません。私の知るかぎりでは」パーブライトが言った。

　ハイヴは半信半疑なようだった。「でもそれだと、人の不幸につけこむようなもんですよね。悪徳弁護士たちが飛びつくだろうな」ハイヴは肩をすくめ、椅子の背からコートを取り上げた。

　パーブライトたちの去り際にミス・ティータイムはハイヴの腕に触れ、真剣な表情で彼の顔を見上げた。

「いいこと、モーティマー……『ルパート・ヘンツォ伯爵』（英国の作家アンソニー・ホープ〔一八六三～一九三三〕の冒険小説）張りの、とんでもない大冒険は、なしですよ。いいですね？」

ハイヴは目を閉じ、恭しく帽子を胸に当てた。そして、くるりと向きを変え、跳ねるように大股三歩で、パーブライトが開けて待っているドアまで行った。

ふたりは学校への道すがら、計画を練った。まず、ハイヴが一人で構内に入る。パーブライトは校門の向かいの店先にいれば、ハイヴが車道を通って玄関ホールに続くガラス戸を入るのが見えるだろう。ホールでハイヴはブッカーを待つ。ホールには、二部屋か三部屋の小さな面談室のドアがある。パーブライトの考えでは、ブッカーはほぼ間違いなく、その面談室のどれかを密談に選ぶだろう。校長室と同様で、職員室も当然ながら避けるはずだ。ほかの事務室や物品保管室は鍵が掛かっている可能性が高い。ブッカーがどのドアの中へハイヴを案内したかを見届けたら、パーブライトも行って、どうにかして話を立ち聞きする。

ハイヴは最後に、自分は少し耳が遠いふりをしたほうがいいだろうと言って、意欲的な脚色を計画に加えた。「そうすれば、ブッカーに大声で話をさせられますからね」

パーブライトは青物商と花屋の陳列窓の隙間の奥に立ち、ハイヴが颯爽と校門を抜けて正面玄関に向かうのを見守った。厚板ガラスの大きなドアの一つが内側に開き、ドアは一瞬、夕陽を照り返してオレンジ色の光り輝く板になった。

パーブライトから見える場所で、ハイヴはとりあえず、あたりを視察して回った。壁に掛かっている数枚の絵を眺め、すべてのドアに順繰りに目をやり、低いテーブルに展示された、生徒の名札のついた陶器をしばらく入念に見ていた。やがて椅子に座り、片膝を抱え、頭を掻き、立ち上がって伸びをした。それから、頭を垂れ、両手を後ろで組んで、ゆっくりと円を描いて歩き、次には頭を上げ、手をポケットに突っ込んで、逆回りに一周した。

ブッカーは一体どこにいるのだ？　パーブライトは見える範囲の窓という窓を見渡した。校舎には誰一人いないように思われた。彼はもう一度、玄関ホールに神経を集中した。

五分が過ぎた。ハイヴはホールの中央に、歩哨のように突っ立っている。おそらく、自分がいることを何とか知らせようと、向きを変えるたびに足を踏み鳴らしているに違いない。

ふとハイヴの動きが止まり、顔が左斜め前を向いた。誰かが向こう端から玄関ホールに来ていた。パーブライトは目を凝らした。その人物がハイヴに近寄ってきたが、パーブライトには、まだ誰なのか分からなかった。ブッカーではなさそうだ……生徒だった。ハイヴが前かがみになって少年の話を聞いている。少年は自分が来た方向を指差した。ハイヴが頷いた。少年は片方の腕をぐるぐる回して時折スキップをしながら戻って行った。少年がいなくなるとすぐに、ハイヴはパーブライトのほうに向き直り、大げさな身振りで肩をすくめてみせた。そして、ヒッチハイカーのように親指をぐいと立てながら、後ずさりし始めた。

ハイヴのこの身振りから判断して、面談室というパーブライトの予想は外れていた。ブッカーには別の考えがあったのだ。

パーブライトは大急ぎで隠れ場所から出ると、道路を渡り、周囲に注意を払いながら正面玄関のガラスのドアに近づいた。ドアを肩で押し開け、玄関ホールに滑り込んだ。ハイヴの姿は、すでになかった。

パーブライトは左側の壁に身を寄せ、身振りをするハイヴが最後に見えた場所の近くの、両開きのドアへ向かった。ドアの向こうから声が聞こえた。かすかだが騒がしいのは確かで、声の合間に人がぶつかり合う音がした。少年たちだ。校舎には、まだ生徒たちがいた。

用心深くドアの一つをわずかに押し開け、左右の廊下を覗き見た。左には、教室の幅広なガラス窓が並んでいた。教室の仕切りもガラス製で、その区画の端まで見渡せた。エプロン姿の女性が二人で床を掃いている部屋以外に、人の姿はなかった。

右方向の廊下は左よりも短かった。誰もいない教室が一部屋あり、その先で休憩室に出られる。廊下の梁には番号の振られたフックが並んでいる。騒々しい音は大きくなっていた。休憩室の奥から聞こえてくる。パーブライトは物音のほうへ向かった。少年たちの汗のにおいがした。

パーブライトが休憩室へ入ると同時に、左側の戸口から三人の少年が子犬のように取っ組み合ったまま、転がり込んできた。三人はパーブライトに気づいて叫ぶのをやめ、もつれ合った身体をほどいた。

「きみたち」とパーブライトが言った。「ブッカー先生はどこにおいでか、教えてくれるかね?」

パーブライトの一番近くにいた少年は乱れた服を引っ張って呼吸を整えた。一生懸命に役に立とうとしている様子だった。「まだ体育館にいらっしゃるかもしれません」

「行って見てきましょうか?」

「あのう……行ってきます!」

パーブライトは手を上げて三人を制止した。「いや、居場所を知りたいだけなんだ。どっちに行けばいいのか教えてくれれば大丈夫だ」

三人が同時に我先にと説明しだした。騒々しさが静まったのは、パーブライトが止めたためと、監督生徒と覚しき上級生が現われたためだった。パーブライトは上級生に同じ質問をした。

「ブッカー先生なら課外活動の指導をなさっていましたが、今は男のかたと一緒にいると思います」

「そうなのか。その男は私の友人だ。ふたりと会うことになっている」

「でしたら、休憩室を抜けて、通路に沿って進んでください。体育館はその突き当たりです」

パーブライトは生徒たちに礼を言い、役に立とうと誰かが追ってこないことを願いながら、休憩室を横切った。盗み聞きは、少年たちに見られていないにしても、充分に不愉快だ。

幸いにも、通路は半分ほど行ったところで曲がっていて、その先は休憩室からは見えなかった。もう一つ幸いなことが目に留まった。前方の体育館のドアには、小さな覗き窓が付いていた。

パーブライトはそのドアまで行き、耳を澄ました。聞こえるのは背後の更衣室からの物音だけだ。慎重に小窓から覗いた。目をガラスに近づけて顔の角度を変え、中の片側半分を見てから、また顔を動かして残りの半分を見た。

体育館に人はいなかった。

パーブライトは中に入った。

不安を覚えたという表現は、正確には当てはまらなかった。そろそろ彼の不安は、発見を先送りにするたびに当面はほっとするという類いの不安になっていた。しかし、ドアが数えきれないほどあるこの建物でさえ、いずれ入り口と出口が同じ部屋に到達すると分かっていた。そこに到達した時は、単なる不安がたちどころに恐怖に変わる瞬間だった。

パーブライトは、あたりを見回した。壁には肋木《ろくぼく》、天井から横に釣り下げられた太い棒、片隅には跳馬がおとなしく収まっている。メープルシロップ色の上にニスが塗られた長いベンチの山、巻かれたマット、輪にまとめられたロープと留め具、被害に遭わずにすむ高い場所に窓が幾つか……。

そして……とにかく……ドアがあった。

ドアは向かいの壁の中央の、二台の肋木のあいだに引っ込んでいた。軍艦グレーに塗られている。パーブライトは真鍮色に輝く取っ手をそうっと回し、ドアに軽く体重をかけた。ドアには鍵が掛かっていた。

体重をかけたまま、木製のドアに耳を押し当てた。

何も聞こえない。まるで声がしない。全く何も。

それでもパーブライトは一心に耳を澄ませた。この妙に小刻みに振動する静けさは何だろう。まるで爆発や崩壊の直後のような振動だ。むしろ、いつまでも続く長い、しかも出所の分からない不吉な反響に近かった。そして間違いなく、音もしている……液体の、ひたひたと打ち寄せるような……。

水だ。

パーブライトは取っ手を握り締めて回し、ドアを必死に揺さぶった。怒鳴りながらドアを思い切り足で蹴り、拳で叩いた。踵《きびす》を返し、大急ぎでまた更衣室の休憩室へ向かった。

少年が五人、着替えは済んだが居残っていた。少年たちは、大の大人が全速力で走ってくるのを、何事かというように見つめていた。パーブライトは通路の入り口で急停止して苦しそうに一息つき、少年たちにすぐ来るよう手を振って合図してから、体育館へとまた走り出した。

「警官だ……手を貸してくれ……」パーブライトは肩越しに、唖然とはしていてもハリヤー犬（ウサギ狩り用の中型猟犬。通例、群れで使う）に間違いない群れに叫んだ。

少年たちは一団となって体育館になだれ込んできた。

パーブライトが、天井から下がっている太い棒の一本を指して言った。

「誰か、あれの下ろし方を知っているか？」

「知っています！」

「僕がやります！」

数人が走って行って綱止めからロープをほどき、ロープを繰り出した。棒が下がり始めた。棒に手が届くや、パーブライトは棒の片端を担いで振り、ロープ通しからロープを外した。

「もう少し下だ」

棒が灰色のドアの取っ手の高さになったところで、パーブライトは手を上げて止めた。

「よし……きみたち三人はそっち、二人は私と一緒に、こっちだ」

嬉々として少年たちは配置についた。まさに起ころうとしていることが、ワインのきつい香りのように少年たちの頭の中で渦巻いた。破壊槌で突入だ！　しかも、ドアを——学校のドアを打ち破って！

棒を背後の肋木の端に触れるまで後ろに引き、攻撃に備えて気を引き締め、中腰になった。

「いくぞ！」パーブライトが叫んだ。

棒は凄まじい音を立てて、ドアの取っ手のすぐ右脇に当たった。少年たちは、これほどスカッとする音を聞いたことがなかった。ドアが蝶番を支点に奥へと脱穀の殻竿《からざお》のように激しく揺れた。木の破片が一つ、回転しながら彼らの頭上を越え、肋木の横木をカタカタとリズミカルに鳴らしながら落ちた。

パーブライトは戸口を突破した勢いを借りて、中に突進した。青い水浸しのタイルがきらめき、塩素のにおいがした。

十ヤードほど先で、プールの右手の壁近くに、服がかたまって浮いているように見えた。

そばにブッカーが立っていた。半ズボンと白いセーター姿で前かがみのまま、無表情でパーブライトを見つめている。

パーブライトは急いでプールのふちを回り、水面に身を乗り出して腹ばいになった。ずぶ濡れの服のかたまりをつかんでひと引き、引き上げた。少年たちが彼の両脇に膝をついて手を伸ばし、一斉に、ぐったりしたハイヴを引っ張り上げて仰向けにした。

パーブライトは、すぐ脇の少年に言った。「九九九に電話してきてくれるか?」

少年は力強く頷いて立ち上がった。

「救急車と警察だ。急いで行ってくれ」

少年は大急ぎで駆け出した。

少年の仲間の一人が、パーブライトの袖を引っ張った。

「あのう、ブッカー先生は人工呼吸のやり方をご存じです」

ハイヴが身じろぎをして、弱々しく、むせるように咳き込んだ。

「しっ」パーブライトが少年に言った。「今の言葉が、彼に聞こえてしまったようだ」

訳者あとがき

本書 *Charity Ends at Home* は英国のミステリ作家コリン・ワトソンによる〈フラックス・バラ・クロニクル〉（全十二作）の第五作で、一九六八年の作品です。*Charity Ends at Home* という原題についてですが、英語には「Charity begins at home.（愛は家庭に始まる。愛はまず身近な所から）」ということわざがあります。また、charity には、「博愛、慈悲心、思いやり、人間愛」などの意味のほかに、本書の物語の背景にある「慈善、慈善事業、慈善団体」という意味もあります。

私がコリン・ワトソンという作家を知ったのは、二〇二〇年に同シリーズの第四作 *Lonelyheart 4122* を翻訳する機会をいただいたときでした。緻密な描写や捻りのある表現、漂うユーモアと向き合ううちに、生き生きと浮かび上がる情景や登場人物に惹かれてゆきました。本書においてもパーブライト警部、ラブ巡査部長、チャッブ署長の面々とそのやり取りも健在で、とても嬉しい再会でした。『ロンリーハート・4122』で鮮やかに登場したミス・ティータイムは今回も上品さと突飛さ、温かさと毅然とした風情は魅力的で、相変わらずウイスキーには目がなく……そして、していることは、前作よりもさらにいささか（かなり？）怪しげです。

今回初登場するのは、ミス・ティータイムの古くからの友人でロンドンの私立探偵だというモーティマー・ハイヴ。芝居がかった大仰なところのある、調子にのりやすいながら気のいい人物ですが、経歴はミス・ティータイムと同じく謎めいています。

ミステリの本筋についてと同様でハイヴの経歴やミス・ティータイムの仕事についても、ほぼ把握してから読み直すと、改めて謎を解く鍵が見つかり、ハイヴやミス・ティータイムの言葉の真意が理解できる場合が多々あります。

今回は終盤で、パーブライト警部とミス・ティータイムによって謎解きがなされます。それまでの状況がかなり入り組んでいたために、最後で一気にすっきりと整理されて解決し、訳者としてホッとしたのでした。

〈フラックス・バラ・クロニクル〉は、作中に描かれるフラックス・バラの町とその登場人物たちが大きな魅力だと思います。次々に繰り出される描写の豊かな世界と随所にちりばめられたユーモアを楽しんでいただけますようにと願いながら、今後も *Bump in the Night*（一九六〇）と *The Flaxborough Crab*（一九六九）の邦訳をお届けすべく準備が進んでおります。楽しみにお待ちいただけますと幸いです。

前作に続いてコリン・ワトソンを翻訳する機会をくださいました論創社の黒田明様、翻訳に際して数多くのご助言をいただきました井伊順彦様、訳稿を見直してくださいました内藤三津子様、浜田知明様、装丁の奥定泰之様、ならびに出版に関わっていただきました皆様に、心より御礼申し上げます。

まなざしの先にあるものは……

井伊順彦（英文学者）

コリン・ワトソンの〈フラックス・バラ・クロニクル〉第五弾『愛の終わりは家庭から』は、前作『ロンリーハート・4122』（原書一九六七。岩崎たまゑ訳、論創社、二〇二一）とはずいぶん趣を異にするミステリだ。双方を比べてみると、今回は警察官を除けば登場人物の数がいくらか減っている。だが何よりまず、引き続き登場している常連の一部の人となりや役どころなどが「ん？」と思うほど違う。また、さほど多くない初出の登場人物について言えば、とくに複数の夫婦同士のあいだで関係のもつれあいが見られる。前作では、「夫婦」になることや「夫婦」を作り上げることを目的とする人々が話の中心だったのだが。ともあれ、本書における一部常連の〝変貌〟は、筋の展開にどこまで関わってくるのか。読者にはとくに熱い目を向けてほしい。

なぜ、そんなところにこだわるのか。同一作家の連作小説に出てくる主要人物というのは、性格も言動も基本的に同質のまま続くのが一般だからだ。バルザックの「人間喜劇」や、ゾラの「ルーゴン・マッカール叢書」は言うに及ばず、アガサ・クリスティのエルキュール・ポワロ物やミス・マープル物、ドロシー・L・セイヤーズのピーター・ウィムジー卿物など、実例は枚挙にいとまがない。そこで、あらためて述べたい。本書の一部常連が〝変貌〟を遂げた件は、単なる作者の気まぐれか、それとも当人たちの別の面の表れか（〝進化・成長・発展〟と見てよいのか。逆に〝退化・後退・堕落〟なのか）。この件は、本書の作者コリン・ワトソンの手腕の特徴にも絡んでくるので、のちにも触れる。

しかしながら、前段落の言説からすると、例外と思われる場合もある。P・G・ウッドハウスのシリーズ物〈ブランディングズ城サーガ〉（以下〈サーガ〉と略記）だ。第一作『ブランディングズ城のスカラベ騒動』（原書一九一五。佐藤絵里訳、論創社、二〇二二。以下『スカラベ騒動』と略記）では、第二作以降と比べて複数の主要人物像が大きく異なっている。が、これには明白な理由がある。同書の「訳者あとがき」にもあるとおり、作者自身がその後の連作化を考えていなかったからだ。番外編のような第二作、および主要な登場人物そのものがほぼ違っている第三作はさて措き、〈サーガ〉内で重きをなす第四作 *Summer Lightning*（1929）は、邦訳書『ブランディングズ城の夏の稲妻』（森村たまき訳、国書刊行会、二〇〇七）の「訳者あとがき」によれば、当該「作品群のパターン・セッター」（四一〇頁）であるという。つまり、城主エムズワース伯爵をはじめ、執事ビーチや秘書バクスターその他の面々は、以後の諸作でも変わらぬ姿を見せるわけだ。ゆえに、「植物界の一員かと思えるほど」（『スカラベ騒動』一三一頁）の怪人ぶりで立ち回るビーチも、「気軽に肩でも触れようものなら、こっちの指がすぱっと切れそうな気配」（同書「解説」井伊順彦、二九四頁）を漂わせる城の〝権力者〟バクスターも、そんな個性を発揮するのはこの第一作においてのみだ。

では、本書『愛の終わりは家庭から』の主要人物に焦点を当ててよう。『ロンリーハート・4122』では、いったいどんな御方なのか、いつも何を考えているのか、最後の数行まで謎めいた空気をまとっていた年配美女ミス・ルシーラ・ティータイムは、もちろん今回も大きな役を演じているが、仕事も身分も所属先も明らかにされている。なんと「フラックス・バラ及び東部諸州慈善団体連合」の事務局長だという。前作ではロンドンからふらりと現れてフラックス・バラ各所を歩いて回り、いかにも旅人の風情を漂わせていたのに、今回はしっかり地元に根づいているわけだ。しかも、どうやら（まだ）未婚で、いくぶん特異な重責を担っている。第九章で初めて現れるなり、事務所の作業に関してはは機械化と合理化が必要だと、はきはきした口ぶりで自説まで展開している。前作と比べてここまでの変わりようには、やはり驚くほかないが、冒頭で述べたとおり、この点が作品の筋とどこまで関わるのかは読んでのお楽しみだ。むろん魅力ある人物像である点は変わりない。

また、同じくフラックス・バラの〝顔〟であるパーブライト警部の人物像も、前作とは様変わりしている。実のところ本稿では、この点においてミス・ティータイムよりもむしろパーブライトが主役の一人となる。『ロンリーハート・4122』でのパーブライトは、結婚相談所を訪れる中年女性たちの揺れ動く心を察したり（第二章）、結婚を望んだがために悪い男にだまされて、命を奪われたかもしれない女性二人について、女性として「侮辱された」ことを気の毒がったり（第八章）と、フェミニストというに近い一面を示した。ところが本書では、地道な職務遂行ぶりは変わらないものの、女性関連ではふつうの男になっている。鋭く眼を光らせて捜査に当たっているつもりなのはたしかながら、その眼に映るもの、まなざしの先にあるものは何か――。

ここで、この問題はひとまず措き、本書の「出来事」について述べておく。地元の有力者三名のもとに、自分の「伴侶」（“companion”）から命を狙われていると訴える匿名の手紙が届く。三名とは、検死官アンブレスビー（第一章）、警察署長チャッブ（第二章）、地元紙『フラックスバラ・シティズン』編集主任リンツ（第二章）だ。手紙の送り主は、どうも女性の可能性が高い。「伴侶」が自分に対して心変わりするなど信じられないという一節で、「彼の心変わり」（〝his change of heart〟）と述べているからだ。むろん男性の同性愛者ということもありうる。だがアンブレスビーとチャッブは、一読して女が送り主だと踏んだ。パーブライトもリンツから手紙を見せられ、すぐに目を通した（第二章。この場での両者の会話では、送り主の性別については触れられていないが、パーブライトの見方はのちにわかる）。そうして当日の夜遅く、手紙の文面のとおり悲劇が起きた。会社社長のレナード・パルグローヴ氏の妻ヘンリエッタが変死したのだ。自宅の裏庭の井戸に漬かっていた（第七章）。パルグローヴ夫人は慈善活動に熱心で（第四章）、夫婦ともに評判はよかった（第十章）が、どこの家庭でも口げんかぐらいはふつうにあるものだ。パルグローヴ夫妻も少しばかり声高に嚙み合わないやりとりをしていたとき（第四章）、それをたまたま耳にした少年に、あの二人は激しい夫婦げんかをしていましたよと警察に証言されてしまった（第十章）。夫レナードには不利な材料だ……。

フラックス・バラという一共同体の住民同士として、ヘンリエッタと日常つながりのある人物には、グラマースクールの教師キングズリー・ブッカーなどがいる。冒頭でも触れたとおり、キングズリーとドリーンの夫妻とパルグローヴ夫妻との関係や、いかに。世評とはいくぶん違い、気難しいところもありそうなレナード・パルグローヴとは対照的に、ハイヴとの会話を見る限り、ブッカー氏はなかなか人当たりがよい感じだ（第五章）。が、生徒に対するときには、良し悪しはともかくいかにも先生という一面も示している（第六章）。やはり単純ではなさそうな御仁だ。

また、捜査陣に属する人間といえども、犯罪に手を染めないとはまったく限らないのは、少なからぬミステリ小説が教えるところだ。フラックス・バラの検死官アンブレスビーの人となりも、なかなかに食えない。言動からすると冷酷（第一章）とも横柄（第十一章）とも思える。フラックス・バラ警察の検死担当者マレー巡査部長には、そんな人となりを見透かされている（第一章）。少なくともまっすぐな気性とは無縁だろう。いや、そのマレーとて、種々の検死審問の証人たちに対してアンブレスビーの人柄〝擁護〟を買って出てやり、好人物たるところを示しながらも、アンブレスビー当人に対しては陰険ないやがらせめいたおこないをしている（第一章）。こういうねじれた性根の持ち主は、日ごろたまったうっぷんをどんなかたちで晴らすかわかったものじゃない。以上のような次第で、冒頭で述べたとおり少なめな人数から成る時空間のなか、いかにも人を殺《あや》めそうな危ないやからはとくに見当たらないものの、各自の嫌な面がときおり顔を覗かせている。だから誰がパルグローヴ夫人ヘンリエッタの死に深く関わっていてもおかしくない、そんな一筋縄ではゆかぬ作品世界だ（むろん自殺や事故の可能性も捨てきれないが）。

　さらにその世界に、語り手によればロンドンから来た私立探偵だというモーティマー・ハイヴが絡んでくる。ハイヴはある女性を尾行したあと、どこかへ電話をかけ、出た相手と何やら意味ありげな言葉を交わした。相手は依頼主か、またはほかの誰かか。これは大いに気になるが、その前に、尾行している女性に向けたハイヴの視線が、どうにも男を想わせるのだ。

（前略）ハイヴは彼女の体形を分析した。ふくよかだが決して太ってはおらず、溌剌《はつらつ》とした曲線美が備わっている。その曲線美は今まさに流行《はや》っている服で補正されてはいるが、ハイヴの美的感覚に直《じか》に訴えかけた。自分の職業のせいで対象者とは希薄な関係でいなければならないことが、彼にはとても残念だった（第三章）。

このハイヴ氏、言葉を交わしてもいない初対面の女性から、なぜか嫌悪丸出しの目で見られている。それも二人から。右記のように、女性に対してセクハラ気味の批評眼を向ける御仁だから、敏感な女性には〝敵視〟されるのか。それとも別な理由があるのか。語り手はその場ではきちんと説明してくれない。読者はいつすっきりできるだろう。もどかしくも目が離せないところだ。こんな正体不明の人物で、しかもフラックス・バラにとっては異分子だから、私立探偵(語り手によれば)といえども、ハイヴが当地滞在中に何をしでかす(しでかした)か、わかったものではない。ううむ、繰り返すが、ふつうの人間たちが心に秘めたちょっとした悪意をこれほどさりげなく描き出し、関係者をそれぞれにうさんくさく思わせるミステリ小説はそうそうない。日常生活の細かいところまで行き届かせるこの視線は、作者ワトソンの一大特徴であり、映画界で見れば、普段着の人々のちょっとした官能場面をさらりと描く達人エリック・ロメールに比肩する。

ワトソンは「謎《ミステリ》」の中身をなかなか明かさない探偵《ミステリ》作家だ。『ロンリーハート・4122』では、ミス・ティータイムという最大の「謎」の中身が明かされたのは、前述のとおり最後の最後だった。結婚相談所に通う女性二人の死とは別の流れに乗った題材だ。今作『愛の終わりは家庭から』の場合、モーティマー・ハイヴなる余所者が、パルグローヴ夫人の不審死とは別の「謎」を背負っている。まるで音楽の対位法のごとくに二つの川が並んで流れている。

ここから、本稿の主役パーブライト警部の言動にあらためて焦点を当てよう。警察署内の机の上にあった例の手紙を、パーブライトはラブ巡査部長に見せる(第三章)。これ、書いたのは女でしょうと、手紙を吟味したラブは断言する。その理由が、いやはや、いかにも男だ。「誠意ある忠実な伴侶」、「愛する人の手」、「心を動かしてくださる」と、こういう表現が「ものすごく感傷的」だからだと。パーブライト警部も「言い回しが情緒的だな」と、部下の即断に応じる。

　前作のときとは異なるパーブライトの在り方を端的に表す場面が第十三章にある。ブッカーの妻ドリーンを自分の執務室に呼び、レナード・パルグローヴについていろいろたずねるところだ。警察に呼ばれて緊張している目の前の相手に対し、パーブライトは思うまま〝職権〟を生かし、無遠慮な視線を這わせる。ドリーンを呼んだのは、捜査に関してそれなりの理由があることだから、警部としては相手のようすをうかがう必要もあるだろう。だが、ここでパーブライトがドリーンに向ける視線は、明らかに別の意味を帯びている。まさに〝職権〟だ、男の。

　語り手もさることながら、パーブライトをはじめ一部の男たちのまなざしの先には、このようにほぼいつも女性がいる。しかし、単にいやらしいオヤジがお気に入りのオンナを〝目で捉える〟ことばかりが、このまなざしの意味ではない。コリン・ワトソンはなんのためにフラックス・バラなるミステリ世界を構築したのか。『ロンリーハート・4122』の「解説」で述べたことからさらに論を進めて、私見を示すとすれば、アガサ・クリスティの手になる時空間を、ミステリ小説の不文律に縛られた「メイヘム・パーヴァ」（意味は同「解説」参照）と名づけ、そのメイヘム・パーヴァの存在がミステリ小説の進化・発展を阻んでいる面が否めないから、別種の時空間を生み出さねば当該小説界の明日は見えてこないと腹を決めたからだ。メイヘム・パーヴァ派の巨頭アガサ・クリスティの作品は、前記のようなまなざしとは縁がない。人物描写の場面はむろん各作品に複数あるものの、いずれもいわば〝寸止め〟だ。描写は謎解きのためのネタ提供、エサ撒きの手段であり、それ自体が意味を成すことは基本的にない。
女性に対するまなざしの意味と「メイヘム・パーヴァ」に対する〝アンチテーゼ〟、この両者の融合の好例が第三章にある。先述のとおりハイヴが女性を尾行していたとき、見知らぬ少女から「お花はいかがですか？　お花を買って、動物たちを助けてください」と声をかけられるところから始まる数段落だ。「真剣な茶色い大きな目をした、口が薄ピンク色のキャンディのような十四、五歳の少女」にいきなり道をふさがれ、尾行をじゃまされたにも拘わらず、ハイヴは怒るどころか優しく応じ、硬貨をめぐんでやった。このやりとりでの語り手の説明が見逃せない。

小さなふっくらした腕が少しのあいだ、ハイヴの上着の旧式な幅広の下襟に触れていた。ハイヴの心に満足感が——父親も同然の優しい気持ちが——込み上げた。

クリスティ作品なら書かないことを敢えて書くこと。短いながら、ここまで細部の写実性に意を用いた描写こそ、繰り返すが作者ワトソンの本領だ。
第九章では、なんとミス・ティータイムの年齢までも明らかになる。いや、前作『ロンリーハート・4122』でパーブライト警部は五十歳ぐらいだろうと推測はしていたものの、これで一つ安心した。なにしろ、前作でのパーブライト警部や本作でのモーティマー・ハイヴを相手にしての話しぶりから、ん、これはもしかすると、ミス・マープルと同じぐらいの年なのかな……と、一抹の不安も生まれていたところだったから。作者ワトソンもミス・マープルの存在を意識している。ミス・マープルの二番煎じで終わってはならじ。ワトソンはそう心している。フラックス・バラをセント・メアリー・ミード村の焼き直しで終わらせるなら、なんのために筆を執ったのか。
ミス・ティータイムはフラックス・バラが気に入っているようだ。第九章では、久しぶりに再会したモーティマー・ハイヴに、「素敵としか言いようのない町」だと、この町をほめている。一方、今までの人生の大半を過ごしてきたロンドンについては、退屈なところだと難じている（『ロンリーハート・4122』第三章の冒頭には、それとはいくぶん異なる心情も語られているが）。しかも、ロンドン人は視野が狭いのだと述べている。ミス・ティータイムは、さらにハイヴとの会話を進めるなかで、無知な世間の人々には何も期待しないかのような、ご本人の印象からすると意外に思えることも口にする。ミス・マープルなら、自分の世界たるセント・メアリー・ミード村に対して、この手のことは決して言うまい。ミス・ティータイムの場合、今はフラックス・バラを気に入っているにせよ、今後この新天地についても辛辣な言葉を吐くようになるかもしれない。自ら拠って立つ場にも遠慮なく批評性を発揮すること。本書『愛の終わりは家庭から』のメタフィクション性が認められる点だ。まなざしの先にあるものは、いろいろな意味でメタミステリの共同体だった。

本書『愛の終わりは家庭から』に関して、その趣旨や特徴ゆえに、本稿ではミステリ作品としての妙味を型通りに語ることはあえて避けてきたが、ミステリとしての小道具も、むろんちゃんと作中に用意されている。どこの章とはいわないが、金属のタバコケースや、車の走行距離や、写真などにご注意あれ。どれが〝燻製ニシン《レッドヘリング》〟で、どれが真の手がかりか。読者をだますコリンズの腕前は一級だ。俗な意味でのおもしろさも含めて、一読しただけではとても本書の魅力は捉えきれまい。再読・三読……してゆくうちに、新たな面がわかってくる奥深い一品だ。自信を持ってお勧めする。

〔著者〕

コリン・ワトソン

1920年、英国サリー州生まれ。ジャーナリストを経て作家となり、1958年に「愚者たちの棺」でデビュー。架空の町フラックス・バラを舞台にした〈ウォルター・パーブライト警部〉シリーズは全12作出版され、「浴室には誰もいない」(1962)と「ロンリーハート・４１２２」(67)は英国推理作家協会ゴールドダガー賞の最終候補に挙げられた。1983年死去。

〔訳者〕

岩崎たまゑ（いわさき・たまゑ）

東京女子大学短期大学部英語科卒業。訳書に『おひさまはどこ？』(岩崎書店)、『ひなどりのすだち』(大日本絵画)、『ロンリーハート・４１２２』(論創社)。共訳書に『眺海の館』(論創社)や『血の畑』(国書刊行会)など。

愛《あい》の終《お》わりは家庭《かてい》から

――論創海外ミステリ 298

2023年6月1日 初版第1刷印刷
2023年6月10日 初版第1刷発行

著 者 コリン・ワトソン
訳 者 岩崎たまゑ
装 丁 奥定泰之
発行人 森下紀夫
発行所 論 創 社

〒101-0051 東京都千代田区神田神保町2-23 北井ビル
TEL:03-3264-5254 FAX:03-3264-5232 振替口座 00160-1-155266
WEB:https://www.ronso.co.jp

組版 加藤靖司
印刷・製本 中央精版印刷

ISBN978-4-8460-2261-7